Amber Auburn
Blutkralle - Academy of Shapeshifters

Amber Auburn

BLUTKRALLE

ACADEMY OF SHAPESHIFTERS

EPISODE 8

Fantasyserie

Kontakt über:
Mainwunder Agentur für kreative Kommunikation
Heinreich-Heine-Str.13
63303 Dreieich (Kreis Offenbach am Main)

1. Auflage
Lektorat: Marlies Lüer, www.silberworte.de
Coverdesign: Juliane Schneeweiss, www.juliane-schneeweiss.com

Druck: CreateSpace
Amazon Media EU S.à r.l.
5 Rue Plaetis
L-2338 Luxembourg

ISBN-13: 978-1539743804
ISBN-10: 1539743802

Es fühlte sich an wie ein Traum, gemeinsam am Lagerfeuer zu sitzen und Fleisch an langen Stöckern über den Flammen zu rösten. Noch vor wenigen Stunden hatte ich versteckt in einer Höhle irgendwo im Wald gehaust und gehofft, nicht noch einen Angriff meines Rudels auf die Fel miterleben zu müssen. Ich hatte Angst um mein Leben und das aller anderen gehabt, weil ich nicht wusste, wohin uns dieser Krieg noch führen würde. Es hatte Verwundete und vielleicht sogar Tote gegeben.

Und nun? Nun war all das schlagartig vorbei. Da saßen wir, Mitglieder zweier bis aufs Blut verfeindeter Gruppen, gemeinsam am Feuer, dazu gezwungen, uns zu vertragen.

Viktor hatte mit nur einem einzigen Satz die Barriere zwischen den Can und den Fel eingerissen. Er hatte uns befreit von dem Zwang, uns aneinander messen zu müssen. Mit wenigen Worten hatte er uns vereint. Oder es zumindest versucht.

Wir saßen zwar gemeinsam um ein Feuer herum, doch die argwöhnischen Blicke, die mich seit Wochen aus beiden Lagern verfolgten, trafen nun auch alle anderen. Jeder beäugte jeden: vorsichtig, kritisch, bereit, sich jeden Moment zu verteidigen. Die Feindseligkeit war schlimmer als je zuvor. Sie war beinahe greifbar und zerstörte jedes Fünkchen Hoffnung, das in mir herangereift war, in dem Moment, wo wir alle gemeinsam einer Gefahr ausgesetzt gewesen waren.

Die Captor waren gefährlich. Das hatte ich erkannt, wenn auch ein wenig zu spät. Sie waren bewaffnet und eindeutig in der Überzahl. Und sie schienen auf irgendeine Art über uns bestimmen zu können. Wie, war mir noch nicht klar. Aber auch das würde ich herausfinden.

Unauffällig ließ ich den Blick umherschweifen. Es war unverkennbar, dass sich niemand wohlfühlte. Wie auch? Viktor hatte sie ihrer Überzeugung beraubt. Er hatte vereint, was nicht vereint werden wollte. Die Can und die Fel waren Feinde. So wie ich es erfahren hatte, schon ewig. Es war also vollkommen normal für sie, sich so zu verhalten. Für diese neue Situation kannten sie keine Verhaltensregeln. Erst recht nicht nach allem, was passiert war.

Das Fleisch an der Spitze meines Stocks roch verführerisch. Fett tropfte nach unten in die Flammen, sorgte für ein Knistern, das sich mit dem der Holzscheite mischte. Ich hatte Hunger, doch keinen Appetit. Nicht bei den undankbaren Blicken, die man mir zuwarf. Natürlich waren die Can nicht glücklich über diese Entwicklung. Dass sie allerdings dachten, dass diese Idee der Zusammenlegung auf meinem Mist gewachsen war, schmerzte.

Ja, ich war für eine Einigung im Camp. Ich konnte Streit nicht ausstehen und hatte keine Lust, mir noch weiter Beleidigungen und Bisswunden zuzuziehen. Trotzdem war ich über Viktors Kurzschlussreaktion nicht glücklich. Er hatte sich in seine Hütte zurückgezogen, anstatt dafür zu sorgen, dass seine neue Regelung auch umgesetzt wurde. Zwar war das Lagerfeuer von deutlich mehr Wächtern umgeben als gewöhnlich, doch was sollten acht Männer schon ausrichten, wenn es ernst wurde und sich an die fünfzig Schüler an die Gurgel gingen? Richtig. Gar nichts.

Ein kokettes Kichern mischte sich mit den Geräuschen des lustig knisternden Holzes. Zofia hatte gelacht. Oder zumindest so getan, weil sie es für richtig hielt, wegen dem, was Kieran ihr gerade zugeflüstert hatte. Trotz der Außerkraftsetzung der Gruppen saßen sie noch immer etwas erhöht und getrennt vom Rest des Rudels.

Ich belegte den schlechtesten Platz überhaupt. Ich saß genau in der Mitte zwischen beiden Parteien und wünschte, mich in Luft auflösen zu können. Viktor hatte mir zwar die Entscheidung abgenommen, endgültig eine der Gruppen wählen zu müssen. Leider änderte das nichts daran, dass ich noch immer zwischen den Stühlen saß. Da waren Finn und die anderen Can auf der einen Seite, Rajani und die Fel auf der anderen

Seite. Da war Janis und da war auch Noel. Ich gehörte zu jedem und gleichzeitig zu keinem. In was für eine blöde Situation hatte ich mich da eigentlich begeben?

Ein Stupser auf meine Schulter ließ mich aufblicken.

Finn besetzte grinsend den Platz zu meiner Rechten und reichte mir ein Saftpaket. Schräg gegenüber konnte ich Matteos hasserfüllte Blicke sehen. War ja klar, dass er Finns Entscheidung, mit mir zu sprechen, missbilligte. Ich wusste, wie wenig er von den Fel hielt. In seinen Augen war ich sicher eine Verräterin. Es wäre ein Wunder, wenn er jemals wieder mit mir sprechen würde.

»Es ist komisch, das zu sagen, aber ...« Finn flüsterte so leise, dass nur ich ihn hören konnte. »Ich bin froh, dass die Captor gekommen sind. Wir sind wieder vereint. Ist es verrückt, das zu feiern?«

»Nein, natürlich nicht. Ich freue mich auch, endlich wieder hier zu sein.« Wir stießen symbolisch mit den Saftpackungen an und schlürften dann das übermäßig süße Orangengetränk. Meine Geschmacksknospen explodierten beinahe. In den letzten Wochen hatte ich fast nur Wasser zu mir genommen. Bis auf den Schokoriegel, den ich heimlich hatte mitgehen lassen, gab es nichts Süßes.

»Finn? Weißt du, was jetzt aus dem Rudel wird, wenn es die Can nicht mehr gibt? Ich meine wegen der Rangordnung und so ...«

Finn zuckte mit den Achseln.

»Bin ich noch immer ... eine Omega? Ich meine, könntet ihr mich ...«

»Da mach dir mal keine Sorgen, Lena. Ich habe mit Janis gesprochen. Er hat mir versichert, dass so etwas nie wieder vorkommen wird.«

Nachdenklich betrachtete ich das Profil des ehemaligen Rudelführers. Janis sah ziemlich ernst aus, was ihn deutlich älter erscheinen ließ als er war.

»Hat er das? Reichlich spät, wenn du mich fragst.«

»Lena.« Finn seufzte auf. »Ich gebe zu, du hast jedes Recht, wütend auf ihn zu sein. Aber wenn du mitbekommen hättest, was er alles für dich getan hat, würdest du nicht so schlecht von ihm denken.«

»Ich habe nicht viel davon gesehen«, gab ich knapp zurück. Jetzt, wo Finn es ansprach, merkte ich, dass ich noch immer furchtbar wütend auf Janis war. Er hatte mich im Stich gelassen, in dem Moment, wo ich seine Hilfe gebraucht hätte. Dafür gab es keine Entschuldigung.

»Das konntest du auch nicht. Du warst entweder bewusstlos oder nicht anwesend. Glaub mir, wenn ich dir sage, dass Janis ziemlich viel riskiert hat, um dich zu schützen.«

Ich wusste nicht, was ich mit dieser Information anfangen sollte. Natürlich hatte ich mir Gedanken darüber gemacht, wie Janis und ich nun zueinanderstanden. Eine Antwort darauf gab es für mich nicht. Als ich ins Camp gekommen war, hatte ich mich sofort in ihn verknallt und nur das Beste in ihm gesehen. Mittlerweile hatte ich genug Zeit und Abstand gehabt, um meine Meinung zu ändern. Was Finn da sagte, konnte schon stimmen, doch spielte es keine Rolle. Nicht mehr.

Janis musste gespürt haben, dass ich ihn ansah, denn er drehte den Kopf in meine Richtung, lächelte, als er sah, dass ich es war, die Kontakt zu ihm suchte. Mit den Armen stützte er sich vom Baumstamm ab, um aufzustehen. Mein Kopfschütteln hielt ihn schließlich davon ab, zu mir zu kommen. Ja, es stimmt, ich war froh, ihn zu sehen, zu wissen, dass er lebte und es ihm gut ging. Dabei musste es vorerst bleiben. Ich war noch nicht bereit dazu, intensiver über ihn und mich nachzudenken. Es gab ganz andere Probleme, mit denen ich mich herumschlagen musste. Dinge, die ich zu klären hatte. Und zwar sofort.

Da sich nur Finn in meiner unmittelbaren Nähe aufhielt und er einer der wenigen war, denen ich vollkommen vertraute, vergaß ich mein Essen, packte ihn kurzerhand am Kragen und schleifte ihn fort vom Lagerfeuer. Er ließ sich bereitwillig abführen und in eine dunkle Ecke stellen.

»Lena, was ist los? Stimmt etwas nicht? Hast du ein Problem?« Seine graublauen Augen leuchteten in der Dunkelheit.

»Dutzende, aber das spielt jetzt keine Rolle. Du musst mir die Wahrheit sagen! Was wollen die Captor von uns?« Ich hatte es satt, dass ich immer nur ein Puzzleteil an Informationen bekam. Irgendetwas in diesem Camp - nein, in dieser ganzen Akademie - lief gehörig schief. Das mussten auch alle anderen sehen.

»Lena, ich weiß nicht, ob ich der Richtige bin, um mit dir jetzt darüber zu reden ...«

»Red dich nicht raus!« Ich drosselte die Stimme. »Bitte, Finn. Ich muss es wissen. Wer sind diese Captor und wieso tauchen sie hier schwer bewaffnet auf, als wären wir entflohene Sträflinge?«

»Sie sind Angestellte der Akademie-Leitung. Eine Art Wächter, die dazu da sind, die Grenzen zu schützen und ... entflohene Schüler zurückzubringen«, erklärte Finn.

»Das ist alles?«

Finn zuckte mit den Schultern. »Soweit ich weiß, sind ihre Methoden ziemlich streng. Sie tragen Waffen mit sich, die darauf ausgelegt sind, Tiere zu betäuben. Aber ja, das ist alles, was ich weiß.«

»Wieso sollten sie Tiere betäuben wollen? Wir sind doch alle in Menschengestalt, außer natürlich ...« Sofort erschien das Bild von Noels Schwester in meinem Kopf. Viviane hatte den Kampf gegen das Tier in sich verloren. Sie war gefangen im Körper des Panthers. Eine gescheiterte Rekrutin, so oder ähnlich hatte O'-Connell sie bezeichnet. Wenn man dem Wortlaut Glauben schenken wollte, würde es bedeuten, sie hätte es nicht geschafft, das Tier in sich zu bändigen und müsste deshalb aus dem Weg geräumt werden. »Das ist es, wovor Rajani mich anfangs gewarnt hat.

Wer es nicht schafft, das Tier in sich zu zähmen, wird von den Captor gejagt. So ist es doch, oder?«

Finn nickte. »Wir haben alle Angst vor ihnen. Jedes Jahr schaffen es ein paar neue Rekruten nicht. Sie nehmen sie immer mit und wir ... sehen sie danach nie wieder.«

»Wo bringen sie sie hin? Und was machen sie mit ihnen?«

»Ich weiß es nicht.« Finn klang aufrichtig. Auch wenn ich immer noch das Gefühl nicht loswurde, dass das noch nicht alles war.

»Viktor muss es wissen.«

»Lena, warte!«

Doch ich dachte gar nicht daran zu warten. Wenn diese Captor Viviane irgendetwas antaten, würde Noel nicht länger zögern. Dann wäre auch er in Gefahr und das konnte ich einfach nicht zulassen.

Auf direktem Weg ging ich zu Viktors Hütte. Finn stolperte hinter mir her, dabei versuchte er, mich irgendwie aufzuhalten, was natürlich vergebens war. Schon viel zu lange ließ ich alles mit mir machen. Damit war jetzt Schluss.

Ohne anzuklopfen, stürmte ich in die Hütte. Sofort stellten sich mir zwei Wächter in den Weg. Zwischen ihren Schultern konnte ich Viktor im hinteren Teil der Hütte mit Zoltan reden sehen.

»Viktor! Wir müssen reden.«

Finn ergriff von hinten meine Hand. »Komm Lena, wir gehen wieder. Hier stören wir nur.«

»Mag sein. Aber es ist wirklich wichtig. Viktor!«, rief ich deutlich lauter.

Im hinteren Teil der Hütte wurde das Gespräch abgebrochen. Zoltan schob sich mit finsterem Blick an den Wächtern und uns vorbei nach draußen, während Viktor uns hereinwinkte und die Wächter ebenfalls vor die Tür setzte.

»Wie ist die Stimmung da draußen?«, fragte der Campchef wenig enthusiastisch. Nebenbei befüllte er einige Rucksäcke.

»Im Moment recht friedlich«, antwortete Finn, den Viktor erst jetzt wahrzunehmen schien.

»Gut. Sollte sich das ändern, sagt ihr mir das.«

»Ich bin sicher, das wirst du selbst hier drinnen hören können«, mutmaßte Finn.

»Ich werde nicht immer da sein.«

»Wo willst du hin?«, mischte ich mich ein. Es gefiel mir gar nicht, dass Viktor Taschen packte. Er konnte uns jetzt unmöglich verlassen. Wir brauchten ihn!

»Nicht ich - wir. Habt ihr vergessen, dass die Spiele gegen die anderen Camps anstehen? Wir brechen bald auf.«

»Sie finden also statt? Nachdem was passiert ist mit den Can, den Fel, Viviane und den Captor?«, fragte ich ungläubig. Ich war davon ausgegangen, dass die Spiele das Letzte waren, an das Viktor nun denken konnte.

Eine seiner Schülerinnen war gefangengenommen worden und man bedrohte seinen Posten. Wie konnte er da einfach zur Tagesordnung übergehen?

»Habe ich mich nicht klar genug ausgedrückt? Es gibt keine Can und Fel mehr. Ihr seid ein Team und ja, wir werden spielen und wir werden gewinnen.«

»Hoffst du, sie so davon überzeugen zu können, dich doch im Camp zu lassen? Reichlich eigennützig, findest du nicht?«

Viktor hielte inne, drehte langsam den Kopf in meine Richtung und brummte etwas Undefinierbares.

»Oder geht es dir nur darum, zu gewinnen?«

»Hör auf, Fragen zu stellen und vertrau mir. Es ist das Beste, wenn ihr jetzt geht und euer Training wieder aufnehmt.«

»Wie kannst du nur so tun, als sei alles wie immer? Nichts ist in Ordnung. Wir wissen alle nicht, wo uns der Kopf steht!«, entfuhr es mir. Seine Gleichgültigkeit machte mich rasend.

»Ihr werdet euch daran gewöhnen.«

»Woran? Dass wir ab sofort alle ein Team sind? Glaubst du das wirklich?« Ich wusste, dass er es nicht mochte, wenn ihn jemand so offen kritisierte. Doch das war mir egal. Wenn ich auch nur eine Minute länger in diesem Camp bleiben wollte, musste ich endlich die Wahrheit erfahren. Und zwar nicht später, sondern jetzt. »Und diese Captor, Finn hat mir erzählt, wofür sie eigentlich da sind. Das ist doch krank. Wie kannst du zulassen, dass sie das mit deinen Schülern tun?«

Viktor warf das Päckchen, das er in der Hand hielt, auf den Boden. Er funkelte Finn böse an, der nur verlegen mit den Schultern zuckte.

»Hört mir zu. Es ist nicht der richtige Zeitpunkt, noch der richtige Ort, um darüber zu sprechen.«

»Doch, genau das ist er. Wenn du willst, dass ich hierbleibe und davon gehe ich aus, dann sag mir, wieso du da mitmachst?« Ich machte mich so groß, wie ich konnte.

»So einfach ist das nicht.«

»Doch. Du musst einen Grund dafür haben, wieso du dir das von einem Ekel wie diesem O`Connell gefallen lässt und ich will wissen welchen.«

»Du hast mir besser gefallen, als du noch schüchtern warst«, brummte Viktor und vergewisserte sich, dass Fenster und Türen fest verschlossen waren. »Ich weiß, dass ihr euch Sorgen macht. Aber es gibt keinen Grund dazu; ihr seid hier sicher.«

»So sah das vorhin aber nicht aus«, warf ich ein.

»Die Captor werden euch nichts tun. Es ist ihre Aufgabe, euch zu schützen.«

»Und wieso haben sie dann Waffen auf uns gerichtet, als wären wir gefährlich?«

»Weil ihr das auf eine Art auch seid.« Viktor stöhnte genervt. »Versteht doch, ihr könnt euch in fleischfressende Bestien verwandeln. Sie nicht. Sie fühlen sich mit einer Waffe deutlich sicherer.«

»Das ist bescheuert!«, war mein Kommentar. »Wir sind außerdem keine Bestien ... nun, zumindest die meisten nicht.«

»Ihr seid ihnen überlegen und ihre Waffen betäuben nur.«

»Aber es bleiben Waffen!«

Viktor knurrte.

»Es reicht jetzt, Lena. Ich bin weder dir noch irgendjemand sonst Rechenschaft schuldig. Geht zurück zum Lagerfeuer und tut, was ich euch sage.«

»Und was ist mit Viviane?«

Viktor starrte mich an, als würde er einen Geist sehen.

»Woher weißt du von ihr?« Doch seinem Gesicht nach zu urteilen, konnte er sich diese Frage selbst beantworten. »Sie ist bei ihnen in guten Händen.«

»Das glaube ich nicht. Du hast versucht, sie davon abzuhalten, sie mitzunehmen.«

Ich konnte sehen, dass Viktor immer ungehaltener wurde. Er warf sogar Finn einen Blick zu, der besagte: Schaff sie mir aus den Augen.

»Ich habe Gründe, die dich nichts angehen!«, fuhr Viktor mich an. Gleich darauf atmete er geräuschvoll aus. »Geht jetzt.«

Es gab noch so vieles, das ich ihm gerne gesagt hätte. Doch auch ich begriff, nun, wo ich sogar schon einen Teil des Tigerfellmusters unter seiner Haut sehen konnte, dass es besser war zu gehen.

Finn begleitete mich hinaus. Als er Noel erblickte, der im Schatten zweiter Bäume auf mich wartete, verabschiedete er sich von mir und ließ uns alleine zurück.

Ich fühlte mich nach diesem kurzen Besuch in Viktors Hütte nicht besser - ganz im Gegenteil. Die vielen Fragen und Ungereimtheiten warfen ein immer schlechter werdendes Bild auf das Camp und deren Leitung. Hatte ich früher einmal angenommen, ich wäre in guten und fähigen Händen, war mein Vertrauen nun erschüttert. Zugegeben - Viktor war ein guter Campchef, er kümmerte sich um uns, unsere Ausbildung und setzte klare Regeln durch. Doch er blieb trotzdem auf Distanz und erzählte uns nur das, was wir hören durften. Ich war mir sicher, dass es noch vieles mehr gab, das in Wahrheit hinter unserem Rücken passierte und von dem er wusste. Das sorgte nicht unbedingt dafür, dass ich ihm mehr Vertrauen schenken konnte.

»Hast du mit ihm gesprochen?«, fragte Noel ohne ein Wort der Begrüßung. »Was hat er gesagt?«

»Nichts hat er gesagt, außer wir sollen ihm vertrauen«, antwortete ich genervt.

»Und Vivi?« Noel wirkte enttäuscht. »Was hat er zu ihrer Befreiung gesagt?«

»Er wird uns nicht helfen, Noel. Er findet, sie sei bei ihnen gut aufgehoben und wir sollen uns keine Sorgen machen.«

Noels Miene verfinsterte sich. »Natürlich hat er das gesagt.« Er trat mit einem Fuß auf und vergrub die Hände in den Taschen seiner Jacke. »Und? Glaubst du ihm?«

Ich schüttelte den Kopf. »Nein, ich bin auch dafür, dass wir sie befreien, allerdings …«

»Was?«

»Meinst du nicht, es wäre klüger, noch ein wenig zu warten, bis sich die Lage im Camp stabilisiert hat? So kurz nach Viktors neuer Regeleinführung wäre es vielleicht besser hierzubleiben und zu helfen.«

»Wem willst du helfen? Sie werden sich niemals verbünden, nicht in hundert Jahren. Viktors Regel spielt keine Rolle.«

»Und wenn doch? Wäre es nicht schön, wenn dieser Krieg zwischen Can und Fel endlich beendet wäre?«

»Ich glaube nicht an Wunder und das solltest du auch nicht.«

Für einen Moment standen wir schweigend voreinander. So vieles hatte uns in den letzten Wochen einander nähergebracht. Doch jetzt, wo das Camp wieder vereint war, fühlte es sich an, als hätten wir zehn Schritte rückwärts gemacht.

Ich wollte nicht, dass es so war, deshalb ging ich einen Schritt auf ihn zu.

»Ich habe dir versprochen zu helfen. Und das werde ich auch tun. Ich werde sie mit dir befreien. Aber wir müssen vorsichtig sein. Die Captor sind bewaffnet und in der Überzahl.«

»Es sind feige Schweine, die uns mit Angst klein halten. Wenn es nicht so viele wären, hätte ich schon längst ...« Noel sprach nicht weiter. Er schien seine Wut kontrollieren zu wollen. »Ich werde Vivi nicht im Stich lassen, Lena. Komm mit oder lass es bleiben. Morgen früh breche ich auf.«

»Nein!« Ich hielt ihn am Arm zurück. »Bitte, gib mir noch etwas Zeit. Ich will Viktor umstimmen. Vielleicht ändert er seine Meinung und hilft uns. Glaub mir, wenn ich dir sage, dass es mir ernst ist. Ich will dir wirklich helfen.«

»Drei Tage.«

»Danke.«

Ich war mir nicht sicher, was eine angemessene Verabschiedung war. Sollte ich Noel umarmen? Ihm einen Kuss auf die Wange geben? Die Hand schütteln? Oder gar winken?

Noel nahm mir diese Entscheidung ab. Denn er zeigte auf einen Punkt hinter mir.

»Da, dein Freund will dich sprechen.«

»Mein ...« Ich drehte mich um.

Ein paar Schritte entfernt stand Janis, auf den Lippen ein strahlendes Lächeln.

»Da bist du ja. Ich hatte schon Angst, du bist wieder weggelaufen«, begrüßte er mich.

»Ich bin noch hier«, antwortete ich knapp. Im Augenwinkel sah ich, wie Noel im Dunkeln verschwand. Ich fühlte mich seltsam unwohl, mit Janis alleine zu sein.

»Wie geht es dir?« Er kam langsam näher und fuhr sich dabei vermehrt durch die Haare. Alles an ihm wirkte verlegen, bis auf die störrische blonde Stirnlocke, die ihm wie immer einen coolen Look verpasste.

»Wie soll es mir gehen? Unbekannte Männer haben eben mein Leben und das meiner Freunde bedroht.«

»Du darfst das nicht persönlich nehmen. Es ist ihre Aufgabe, uns ...«

»Wieso schlagt ihr euch alle auf ihre Seite?«, fuhr ich ihn an. »Es ist nicht normal, dass sie hier einfallen wie eine Armee und uns mit Waffen bedrohen. Wie kannst du sowas nur für normal halten?«

»Sie kommen öfter vorbei als du denkst.« Janis wirkte traurig. »Sie nehmen einige mit, die ...«

»Die es nicht schaffen, ihre Tiergestalt zu kontrollieren? Weiß ich schon!«, fiel ich ihm ins Wort. »Ich verstehe nicht, wie ihr das alle mit euch machen lassen könnt. Es ist doch offensichtlich, dass sie euch mit Angst klein halten.«

»So einfach ist das nicht, Lena.« Janis kam näher und senkte seine Stimme. »Viele von uns mögen freundlich erscheinen. Doch wir alle sind eine Gefahr. Wenn wir das Tier in uns nicht kontrollieren können, sind wir zu schrecklichen Dingen fähig.«

»Wenn ihr es kontrolliert auch«, gab ich gereizt zurück. »Ich habe gesehen, was Kieran mit euch gemacht hat. Eine Herde Euun hat er euch jagen lassen. Und dieses Reh ... Ich höre noch heute sein verzweifeltes Schreien.«

»Ihm ist nichts passiert.« Janis nahm meine Hand. »Dem Reh geht es gut.«

Für einen Moment war ich sprachlos. »Wirklich? Es klang so, als wollte Kieran, dass ich es töte.«

»Ach das, tja ...« Janis fuhr sich nachdenklich durch die Haare. »Ich weiß, das wird dir nicht gefallen. Aber ... es war eine Art Prüfung.«

»Sag mir nicht, dass das noch einer eurer dämlichen Tests war. Ich schreie das gesamte Camp zusammen«, drohte ich.

»Bitte, tu es nicht.« Janis lächelte.

»Du meinst das ernst? Es war ein Test? Kieran hat mich getestet?«

»Du bist das jüngste Mitglied des Rudels. Uns andere kannte er schon. Er wollte erfahren, aus welchem Holz du geschnitzt bist.«

»Das ist krank.« Ich riss mich von ihm los.

»Lena, warte! Es ist doch halb so schlimm. Das gehört nun mal zur Aufnahmeprüfung im Rudel.« Janis griff nach meinem Arm, doch ich zog ihn zurück.

»Du und dein Rudel von hirnlosen Mitläufern könnt mich mal!« Janis starrte mich mit offenem Mund an.

Ich war selbst überrascht davon, was ich da gerade gesagt hatte. Normalerweise dachte ich solche Dinge eher und sprach sie nicht aus. Erstaunlicherweise tat es mir überhaupt nicht leid. Ganz im Gegenteil. Es fühlte sich gut an, das auszusprechen, was ich dachte. Viktor sollte das hören, Janis sollte das hören. Am besten ich rief es allen lautstark zu!

»Und wo wir schon mal beim Thema sind.« Ich brachte eine Distanz zwischen Janis und mich. »Das mit uns ist vorbei.«

Es tat mir nicht leid, mit Janis Schluss gemacht zu haben. Wenn ich ehrlich bin, war das längst überfällig. Er hatte sich verändert. Ich hatte mich verändert. Ich hatte eine vollkommen andere Sicht auf das Camp und all die Menschen darin bekommen. In meiner jetzigen Welt war der Platz an der Spitze von einem anderen belegt: Noel. Je mehr ich über ihn und meine anderen Freunde Finn und Rajani erfuhr, desto schlechter stand Janis da. Seine Nettigkeit erschien mir mittlerweile übertrieben, sein glänzendes Aussehen täuschte nicht mehr über seinen Charakter hinweg. Ich konnte es einfach nicht mehr leugnen: Ich hatte mich von Janis blenden lassen.

Ich ging eine Runde alleine spazieren, um die Vorkommnisse der letzten Stunden zu verarbeiten. Es war zwar immer was los im Camp, es gab keinen Tag, an dem es langweilig war, aber dieser Tag hatte es besonders in sich gehabt. Nicht nur die Sache mit den Captor hatte mich aufgewühlt. Wir waren nun alle wieder vereint, sollten so tun, als wäre nichts passiert. Ich weiß nicht, wie die anderen das schaffen wollten. Ich wusste nur, dass ich es nicht konnte.

Ich blieb so lange weg, wie ich es verantworten konnte, ohne Gefahr zu laufen, dass Viktor einen Suchtrupp nach mir aussandte. Als ich zum Lagerfeuer zurückkehrte, waren immer noch alle da. Es herrschte eine schlechte Stimmung und ich konnte deutlich sehen, dass zwischen den ehemaligen Can und Fel eine Art Linie gezogen worden war. Sie hatten sich an ihre alten Plätze gesetzt, links und rechts vom Lagerfeuer, zwischen ihnen eine Art neutraler Raum. Jeder, der diesen Raum zuerst betrat, würde im besten Fall eine Schimpftirade auslösen, im schlechtesten Fall einen Kampf.

Seufzend setzte ich mich genau in die Mitte zwischen Finn und Rajani, die am Rand ihrer Gruppen saßen. Ich hatte genug Platz, die Arme zu allen Seiten auszubreiten. Ein leises Psst von rechts ließ mich aufblicken.

»Lena, komm her«, bat Finn im Flüsterton.

Mit einem Kopfschütteln drehte ich mich zur anderen Seite. Dort saß Rajani, die empört gestikulierte, als wäre ich nicht dazu in der Lage, die Situation zu begreifen. Doch da irrte sie sich. Ich wusste genau, was hier ablief und ich wünschte mir, dass sie endlich damit aufhören würden. Was musste noch passieren, damit sie begriffen, wie wichtig es war zusammenzuhalten? Sollten die Captor sie Hütte für Hütte aus dem Camp zerren, ehe sie aufwachten?

Meine Ohren orteten Stimmen aus der Ferne. Viktor war in eine Diskussion mit Zoltan verwickelt, gemeinsam näherten sie sich dem Feuer. Ich konnte es nicht genau hören, aber ich glaubte, ein paar Worte aufzuschnappen, die sich nach Spiele, Kampf und Captor anhörten. Natürlich war ich nicht so naiv zu glauben, dass Viktor davon ausging, nun sei alles in Ordnung. Die anderen Lehrer im Camp hatten alle ihre Meinungen und von denen war Zoltan einer, der nicht verheimlichte, wie wenig er von den Fel hielt und wie gerne er die Can trainierte. Als Schakal kein Wunder.

Ich wartete darauf, dass Viktor irgendetwas Sinnfreies zum Abschied von sich gab, damit ich im Anschluss in meine Hütte gehen könnte.

Doch es kam anders.

Viktor drängelte sich ungeniert zwischen den Baumstämmen entlang, so, dass alle gezwungen waren aufzustehen. Ohne ein Wort zu sagen, scheuchte er jeden einzelnen Schüler auf. Die, die sich wieder hinsetzen wollten, wurden ein weiteres Mal aufgescheucht. So lange, bis alle standen und ihn fragend anblickten.

»Ich habe eure Aufmerksamkeit. Wie schön.« Viktors Gesicht sah eher nach *na endlich, ihr Idioten* aus. »Mir ist zu Ohren gekommen, dass ihr meine neue Regeländerung nicht akzeptiert.«

Hasserfüllte Blicke trafen mich. Ich und Finn waren die Einzigen, die nach Viktors Ansprache, seine Hütte betreten hatten. Also war es klar, dass alle mich dafür verantwortlich machten.

»Ihr braucht Lena dafür keine Schuld zu geben. Sie hat zwar dafür gesorgt, dass ich unsere Regeln überdenke, aber es war allein meine Entscheidung, sie durchzusetzen. Also, wer damit ein Problem hat, raus damit!« Viktors Augen untersuchten jedes Gesicht. Niemand wagte es, sich ihm entgegenzustellen. Nicht nachdem er Kieran vor uns allen zusammengefaltet hatte.

»Wie schön. Da ihr alle meiner Meinung seid, macht es euch sicher nichts aus, die Plätze zu tauschen und eure neuen Freunde kennenzulernen.« Erschrockene Blicke trafen den zufrieden dreinschauenden Campchef, der unbeirrt mit seinen Regelerläuterungen fortfuhr. »Ab sofort sitzt ihr gemischt um das Feuer. Zu jeder Mahlzeit, zu jedem Treffen. Neben einem Hundeartigen sitzt ein Katzenartiger und so weiter. Das ist Regel Nummer Zwei. Regel Nummer Drei besagt, dass ihr ab morgen gemeinsam trainiert, ein Hund und eine Katze. Ihr könnt euch aussuchen, wer mit wem. Solltet ihr euch weigern, werden euch Partner zugeteilt. Die

Lehrer werden für jedes Paar Trainingspläne erstellen und euch unterstützen. Noch Fragen?«

Natürlich hatte niemand eine Frage, obwohl sie ihn anstarrten, als hätte er gerade die Zündung einer hochexplosiven Bombe aktiviert. Ich wusste ja schon immer, dass Viktor es gefährlich mochte. Doch seine neusten Regelungen übertrafen alles Vorherige bei weitem. Das war nicht nur gefährlich, das war lebensmüde! Es wäre ein Wunder, wenn alle Schüler die Nacht überlebten.

»Da es keine Fragen gibt, tritt Regel Nummer Zwei sofort in Kraft. Also, umsetzen!«

Alle setzten sich mehr oder weniger freiwillig in Gang, einige nahmen einfach unter sich Platz und warteten, andere suchten sich einen der raren Sitzplätze am Rand, um nur neben einem der anderen Gruppe sitzen zu müssen.

Ich setzte mich einfach wieder an den Platz, den ich schon seit meinem Einzug in das Camp belegt hatte - mitten zwischen Can und Fel, in diesem Falle Rajani und Finn, die mich gleichzeitig versuchten, in ein Gespräch zu verwickeln.

Auch die anderen schafften es, nach Meckern und Stöhnen ihre neuen Sitzplätze zu finden.

»Na geht doch.« Viktor sah zufrieden aus. »Ihr könnt noch kurz sitzenbleiben und euch kennenlernen. Aber bleibt nicht zu lange. Morgen beginnt das richtige Training. Gute Nacht.«

Alle warteten noch darauf, bis Viktor seine Hütte betrat, danach sprangen sie wie von der Biene gestochen auf und zerstreuten sich in alle Richtungen. Innerhalb von einer Minute war der Platz geräumt und die Nachtruhe begann.

Am nächsten Tag wurden Viktors Regeln sofort umgesetzt. Kaum, dass ich meine Hütte verlassen hatte, wurde ich von einem Wächter abgefangen und zum Platz gebracht. Dort warteten die Lehrer und ziemlich mürrisch dreinschauende Schüler, die gegen ihren Willen mit einem der anderen Gruppe zusammengebracht wurden, um mit dem Training zu beginnen. Rajani war schon da und begrüßte mich mit dem Wedeln eines Zettels.

»Unser Trainingsplan«, flötete sie. »Von Viktor und Zoltan ausgearbeitet. Sie sind einverstanden, dass wir beide ein Team bilden. Ist das nicht klasse?«

Im Augenwinkel konnte ich sehen, wie Noel und Janis gemeinsam auf einen Zettel schauten. Mein Herz rutschte bei diesem Anblick in die Hose. Welcher Idiot war denn auf die Idee gekommen, ausgerechnet die beiden in ein Team zu stecken?

»Ja ... klasse«, antwortete ich auf Rajanis Frage.

Mein anschließendes Lächeln glich auch eher einer Fratze als etwas, das nett und fröhlich aussehen sollte.

»Das wird es und glaub ja nicht, dass ich dich schone, Lena. Ich werde dich richtig hart drannehmen, nur so kannst du dich verbessern.«

»Du klingst schon wie Zoltan«, murmelte ich. Eigentlich war ich gar nicht richtig anwesend. Alle meine Sinne waren auf die zwei Jungs gerichtet, die soeben von Viktor Anweisungen erhielten.

»Von ihm habe ich viel gelernt und das, obwohl er ein Can ist.«

»Das habe ich jetzt mal überhört.«

Rajani grinste. »Also, kann es losgehen?«

»Ähm, warum nicht.« Ich ließ mir absichtlich lange Zeit, um mitansehen zu können, wohin Noel und Janis zum Training gehen würden. Leider war Rajani wie immer auf Zack und rief meinen Namen so laut über den Platz, dass ihn alle hören konnten, auch Janis und Noel. Meinen Plan - sie heimlich zu beobachten - konnte ich daher vergessen.

Rajanis erster Trainingsabschnitt führte mich - wie hätte es auch anders sein können - ins Wasser, meinem liebsten Element. Wir suchten uns eine möglichst flache Stelle am Flussufer und zogen Schuhe und Hose aus. Da der Herbst unmittelbar bevorstand, war ich froh, schnell ins Wasser zu kommen und ein paar Schwimmstöße in der Kälte zu absolvieren, um mich warm zu halten. Rajani war wie immer ganz die Angeberin und begann schon bald mir ellenlange Vorträge über das Schwimmen, Tauchen und Jagen zu halten. Ich hatte genug zu tun, gegen die Strömung anzukämpfen und meine Arme und Beine zu koordinieren. Ich bekam nur die Hälfte von dem mit, was sie erzählte und die andere Hälfte hielt ich für Angeberei. Unter Rajanis Anleitung schaffte ich es später, einmal den kompletten Fluss zu überqueren und zurück. Dann machten wir ein paar Atemübungen, als Vorformen des Tauchens, bei denen ich mich besonders blöd anstellte.

Rajani gab sich Mühe mit mir, doch ich merkte ihr schon bald an, dass sie von mir genervt war. Ich konnte sie gut verstehen. Mir ging es ja genauso. Dennoch erklärte sie tapfer weiter: »Und deswegen ist es so wichtig, vorher tief Luft zu holen. Je mehr Sauerstoff du in den Lungen hältst, desto länger kannst du unter Wasser bleiben. Lass ganz langsam die Luft entweichen, nicht mit einem Mal, sondern Stück für Stück, wie ein Fisch, der Blubberblasen macht. So wirst du minutenlang unter Wasser aushalten können.«

Zerknirscht sah ich auf die Wasseroberfläche. Mein letzter Tauchversuch vor Wochen war gehörig in die Hose gegangen. An diesen peinlichen Moment erinnerte ich mich auch jetzt noch. Ich war höchstens einen Meter geschwommen. Es war eine grauenvolle Erfahrung gewesen.

»Also los, probier es.« Rajani deutete auf das Schilf am Ufer. »Wenn du es bis dorthin schaffst, kriegst du meinen Nachtisch.«

»Wenn es Fisch ist, kannst du ihn behalten«, stichelte ich.

»Ich glaube, für heute steht Schokolade auf dem Speiseplan.«

»Na dann!« Ich hüpfte auf der Stelle, atmete tief ein und durchbrach anschließend mit dem Kopf zuerst die Wasseroberfläche. Unter Wasser hatte ich Mühe, die Luft in den Lungen zu halten. Meine Wangen waren prall und aus meinem Mund entwichen schon die ersten Blasen.

Wasser war einfach nicht mein Element. Dennoch wollte ich es diesmal ernsthaft versuchen. Wer weiß, wozu es nützlich sein könnte, als Fuchs gut zu schwimmen und zu tauchen?

Ich lokalisierte Rajanis Beine ein paar Meter entfernt am Rand des Flusses. Sie war mein Ziel. Mit ausschweifenden Schwimmzügen bewegte ich mich in ihre Richtung. Dabei musste ich einigen Unterwasserpflanzen ausweichen, die gerade in Ufernähe zuhauf vorkamen und nicht nur meine Sicht behinderten. Das trübe Wasser und die vielen undefinierbaren Geräusche machten es mir nicht unbedingt leichter, ans Ziel zu kommen. Doch mit ein wenig Überwindung schaffte ich es dann doch.

Als ich am Ufer auftauchte, klatschte Rajani begeistert in die Hände.

»Sehr gut, Lena. Das war wirklich beeindruckend für eine Can.«

»Raja ...«

»Oh, Verzeihung. Ich meine natürlich für eine ehemalige Can, eine ... Hundeartige. Ach, nun guck doch nicht so. Wie soll man denn von einer Minute auf die andere damit aufhören? Für mich bist du nun mal eine Can. Das wirst du auch bleiben.«

»Wenn du so denkst, wird sich auch nichts ändern.« Ich verbarg meine Enttäuschung über ihren Ausspruch nicht. »Ich weiß, dass es schwer ist für euch. Ich verstehe das, glaub mir. Aber so ist es für uns alle am besten. Sollten wir nicht als Gruppe zusammenhalten, anstatt uns ständig zu bekriegen? Das ist doch so viel entspannter.«

»Aber auch langweiliger.« Rajanis Grinsen brachte mich zum Seufzen.

»Muss denn immer alles mit Action und Drama zu tun haben? Können wir nicht alle einfach mal glücklich und zufrieden sein? Das ganze Camp, wenigstens für einen Tag?«

»Und was machen wir an dem Tag?«

»Nichts«, erwiderte ich mit einem Schulterzucken. »Einfach gar nichts. Wir sitzen am Feuer, gehen baden, machen Spaziergänge oder liegen die ganze Zeit herum. Aber in Frieden und ohne Streit. Wäre das nicht schön?«

»Für einen einzigen Tag mag das gehen, aber sowas ist kein Dauerzustand. Wir brauchen alle eine sinnvolle Beschäftigung. Und wenn wir uns die Krallen aneinander abwetzen, dann ist das besser als vor Langeweile zu sterben«, korrigierte Rajani mich.

»Ich weiß schon ...«, seufzte ich. »Du willst damit andeuten, dass es in unserer Natur liegt und wir einfach nicht anders können, hab ich recht?«

»Genau.«

»Lass uns weiter trainieren. Ich glaube, in diesem Punkt werden wir uns niemals einig sein.«

Rajani scheuchte mich noch eine ganze Weile durchs Wasser. Später am Tag suchten wir uns ein paar Stämme und trainierten unsere Balance. Am Abend am Lagerfeuer war ich so kaputt vom Tag, dass ich die sich anbahnende Feindseligkeit erst dann bemerkte, als bereits eine heftige Diskussion ausgebrochen war.

Matteo und Jeff mimten dabei die Frontmänner, die sich gegenüberstanden, die Hände zu Fäusten geballt, die Augen glühend vor Wut.

Erschöpft biss ich von dem Würstchen ab, das ich in der Hand hielt und stützte mit der anderen Hand den Kopf. Soweit ich es aus der Ferne beurteilen konnte, ging es um ihr Training. Offenbar war Jeff mit Matteos Trainingsmethoden nicht einverstanden und wollte das vor versammelter Mannschaft ausdiskutieren. Zwei Plätze rechts von mir saß Finn, direkt neben Rajani. Beide sahen gespannt dem Streit der zwei Idioten zu, jeder auf seine eigene Art. Bei Rajani war es wie immer ein freudiges Grinsen. Finn dagegen sah eher so aus, als schäme er sich für Matteo, was mir angesichts ihrer Vorgeschichte sehr gefiel.

Worüber ich aber besonders froh war, war der Fakt, dass Rajani und Finn sich verstanden. Zumindest feindeten sie sich nicht an, was man vom Rest der Mannschaft nicht behaupten konnte.

Am anderen Ende des Lagerfeuers entdeckte ich Noel und Janis. Sie saßen schweigend nebeneinander. So richtig feindselig sahen sie nicht aus, freundschaftlich aber auch nicht.

Ein paar Plätze weiter entdeckte ich Ben und Ondrey, sie gaben ein sehr seltsames Paar ab, doch auch sie schienen mit der Situation klarzukommen. Was man von Ricardo und Olly, einem Wildhund aus dem ehemaligen Can-Rudel, nicht behaupten konnte. Sie feuerten lautstark Jeff und Matteo an, deren Nasen sich schon fast berührten.

Im Hintergrund der beiden Streithähne entdeckte ich Kieran und Zofia, sie warteten im Schatten und beobachteten fasziniert das Geschehen.

Natürlich tat niemand etwas dagegen.

Ich sah hinüber zu Viktors Hütte, in der Hoffnung, dass er endlich einschreiten würde, und war verwundert, als ich ihn erblickte. Doch er war nicht alleine. Fast alle Lehrer des Camps waren da, standen in einer Reihe und beobachteten ebenfalls die Auseinandersetzung am Feuer.

War das ein Test?

Warteten sie darauf, dass endlich jemand aufstand, um es zu unterbinden?

»Gleich fährt er die Krallen aus«, jubelte Rajani und stellte vor lauter Spannung sogar ihren Teller mit Sardinen auf den Boden.

»Wenn er es wirklich wagt, macht Matteo ihn fertig«, hielt Finn dagegen.

Seufzend stand ich auf. Ich hatte keine Kraft mehr, um mich darum zu kümmern. Da Viktor es nicht für nötig hielt einzuschreiten, wieso sollte ich es tun und damit einmal mehr zu einer Zielscheibe werden?

Niemand schien meinen Abgang zu bemerken und mir war das nur recht so. Ich machte einen Zwischenstopp bei den Toilettengräben und entschied mich dann im Zwielicht einen Abendspaziergang zu machen, bevor ich zurück zur Hütte laufen würde.

Die immer kühler werdende Nachtluft war erfrischend und verdrängte die Gedanken und Befürchtungen, die mich den Tag über beschäftigt hatten. Der Wald rund um unser Camp war noch genau so wild und ungezähmt, wie ich ihn in Erinnerung hatte. Es kam mir vor, als wäre ich eine Ewigkeit fortgewesen. Obwohl es lediglich ein paar Tage gewesen waren. Das Knacken der Äste unter meinen Füßen war weit und breit das einzige Geräusch. Es war still, friedlich und unsagbar schön. Obwohl ich das Gefühl nicht erklären konnte, dass mich vor Gefahr warnte.

Ich unterdrückte es und setzte meinen Weg fort.

Während ich die Gegend betrachtete, ließ ich den Tag Revue passieren. Ich dachte an all die Begegnungen und Gespräche mit den anderen, auch an mein Versprechen, Noel zu helfen. Ich konnte mir kaum vorstellen, wie sehr er gerade litt. Ein Wunder, dass er das Training an Janis‘ Seite ohne groß Widerstand zu leisten absolviert hatte.

Aber wusste ich das? Seit dem Einmarsch der Captor hatte ich ihn weder richtig gesehen noch gesprochen. Ich konnte mich auch nicht daran erinnern, ihn eben am Feuer gesehen zu haben. War er vielleicht doch schon aufgebrochen, um Viviane zu befreien? Ohne mich?

Ein leises Knacken dicht hinter mir ließ mich herumfahren. Ich sog die Luft ein und spannte meinen gesamten Körper an. Kieran hatte sich an mich herangepirscht. Er stand direkt hinter mir und machte seinem Spitznamen Schattenwolf alle Ehre. In der Dunkelheit konnte ich nur seine Augen leuchten sehen.

»Na, so ganz allein heute? Wo ist denn dein Pantherfreund?«

Das wüsste ich auch gerne ...

»Ich brauche keinen Babysitter. Erst recht nicht jetzt, wo das Camp wieder vereint ist.«

Ich konnte nur hoffen, dass Kieran meine Unsicherheit nicht so schnell bemerken würde.

»Glaubst du wirklich, dass Viktors Ansprache irgendetwas ändert? Ich muss zugeben, es war kein schlechter Schachzug von dir, ihn dazu zu bringen, die Regeln zu verändern. Das war sogar ziemlich klug.«

Ich ging langsam rückwärts. Kieran blieb mir dicht auf den Fersen.

»Ich halte es für die einzig richtige Entscheidung, um die Kämpfe endlich zu beenden. Niemand hat etwas davon, wenn wir uns gegenseitig bekriegen.

Wir sind schließlich alle Raubtiere«, entgegnete ich.

Immer schön weiterreden, keine Zeit zum Luftholen lassen!

»Oh, unterschätz dich da mal nicht. Du bist nicht wie die Fel, du bist eine Can und du gehörst zum Rudel.«

»Das Rudel gibt es nicht mehr.«

»Schwachsinn!« Kieran preschte nach vorne, packte mich am Kragen und stierte mir ins Gesicht. Rund um seine Augen erschien dichtes schwarzes Fell, seine Stimme war bedrohlich und dunkel, sie passte zu dem Höllenhund, den er darstellte.

»Das Rudel wird immer bestehen. Egal was du versuchst. Es wird dir nicht gelingen, mir zu entkommen.«

Ich war nicht dazu in der Lage, etwas zu sagen. Alles an Kieran war angsteinflößend. Mein Herz pochte so heftig, dass ich glaubte, es würde gleich den Brustkorb sprengen.

»Niemand kann dir helfen. Kein Fel, kein Viktor, nicht einmal dein Alphafreund Janis. Ach stimmt ja, den hast du ja gar nicht mehr. Wie schade.«

Ich glaubte, den spöttischen Unterton heraushören zu können.

»Ohne Janis gibt es niemanden, der dir helfen kann. Du hast das Rudel verraten, mehr als einmal. Du bist und bleibst eine Omega. Du hast keine Rechte in meinem Rudel. Du wirst von nun an alles tun, was dir ein Rudelmitglied aufträgt. Solltest du dich weigern, werde ich dich bestrafen und glaub mir, soweit willst du es nicht kommen lassen.«

All seine Wut, seine Präsenz und diese unbändige Dominanz sorgten dafür, dass ich nichts mehr erwidern konnte. Ich stand nur da, starrte ihn aus ängstlichen Augen an und hob die Schultern, wie um mich zu schützen. Meine Hoffnung, Kieran wäre endlich fertig, löste sich in Luft auf, als er weitersprach, mich dabei Stück für Stück zurückdrängte. Solange, bis ich in meinem Rücken einen Strauch fühlte, dessen Dornen sich schmerzlich in meine Haut bohrten.

»Ich erwarte von jedem Rudelmitglied allerhöchsten Respekt. Du als einzige Omega wirst von heute an zu keinem Zeitpunkt den Kontakt zu einem Mitglied der Fel suchen. Während des Trainings wirst du unter den Augen der Lehrer mitspielen. Danach kommst du augenblicklich zu mir. Ich will dich im Auge behalten in den nächsten Tagen. Sehe ich dich auch nur ein einziges Mal mit einem Fel reden, wirst du es bereuen.«

Ich schluckte, doch es half nichts: Meine Kehle war wie zugeschnürt. Die Spucke blieb mir im Halse stecken. Es war niemand in der Nähe, der mir hätte helfen können. Schreien war nutzlos. Abgesehen davon hätte das mein Stolz nicht zugelassen.

»Und glaub ja nicht, ich wüsste nicht, wie ich dich am besten bestrafen kann.«

Meine Augen weiteten sich.

»Du gehörst zu diesen Menschen, die das Wohl ihrer Freunde über ihr eigenes stellen. Ich denke, es würde dir viel mehr wehtun, wenn ich nicht dich bestrafe, sondern ... jemanden, den du liebst.«

Er hatte mich. Ich wusste, dass er es ernst meinte. Kieran war nicht der Typ, der bluffte. Das war kein Scherz, das war sein voller Ernst. Wenn ich nicht tat, was er von mir verlangte, würde er denjenigen schaden, die mir wichtig waren: Noel, Rajani, Finn, all die anderen im Camp. Die Vorstellung, ich wäre schuld daran, dass einem von ihnen etwas Schlimmes zustieß, raubte mir den Atem.

»Ich denke, du hast verstanden, was ich von dir verlange«, sagte Kieran und ließ mich allein.

Ich brauchte ein paar Minuten, um so weit gefestigt zu sein, dass ich den Rückweg zum Camp antreten konnte. Kieran hatte mir den Spaziergang gründlich verdorben. Und einmal mehr wurde ich mir bewusst darüber, wie gefährlich er für den Camp-Frieden war.

Es war erstaunlich, dass ich nach dieser Drohung den Weg zurück zum Lager fand. Meine Beine liefen zum Glück von allein und mein Orientierungssinn ließ mich nicht im Stich. Es hätte mich unter diesen Umständen auch nicht gewundert, bei den Euun rauszukommen. Und vielleicht wäre eine Flucht sogar eine Option gewesen. Gäbe es nicht so viele Menschen in diesem Camp, die mir wichtig sind, hätte ich ernstlich darüber nachgedacht.

Die Auseinandersetzung am Lagerfeuer zwischen Jeff und Matteo schien geklärt zu sein. Beide waren nicht mehr dort. Es saßen nur noch wenige um das kleine Feuer herum. Der Rest hatte sich in meiner Vorstellung entweder aufgemacht, in den nahen Wäldern einen Kampf auszutragen oder sie waren alle schon in ihren Hütten. Ich hoffte auf Letzteres.

Ich machte mich auf den Weg zu Rajanis und meiner Hütte, die für mich gerade an diesem Tag einen Rückzugsort darstellte, den Kieran oder einer seiner Handlanger hoffentlich nicht betreten würde.

Zwischen unserer Hütte und der unserer Nachbarn gab es eine Schattenseite, unter dem Baum, der dort wuchs, den jemand wie Kieran gut als Ort für einen Hinterhalt würde nutzen können. Ich wusste das und deswegen sah ich dreimal so genau hin.

Meine Wahrnehmung ließ mich im Stich oder aber meine Ängste begannen schon sich zu manifestieren. Zwischen den beiden Hütten, tief in den Schatten, stand jemand.

Mein Herz klopfte mir bis zum Hals, als ich mich langsam näherte. Die Gestalt bewegte sich nicht.

Ist sie real?

Dann eine Bewegung. Ich wich augenblicklich zurück.

»Ich bin es.«

»Noel!« Vor lauter Erleichterung musste ich lachen.

»Du hast mich echt erschreckt, wie du da im Dunkeln gestanden hast. Ich dachte schon, du ...«

»Ich hätte es auf dich abgesehen?«

»Etwas in der Art.«

»Tut mir leid, dich enttäuschen zu müssen.«

»Nein! Ich bin sehr froh, dass ... du es bist und nicht jemand anderes.«

»Alles in Ordnung?« Trotz der Dunkelheit schien Noel etwas von meinem Gesicht ablesen zu können.

Schlagartig fiel mir auf, dass man uns nicht zusammen sehen durfte.

»Komm schnell rein.« Ich zog ihn am Handgelenk mit mir in die Hütte und schloss die Tür. Rajani war nicht da. Einmal mehr war ich froh darüber. Es wäre eine blöde Situation gewesen, wenn sie auch noch dazu käme. Es war auch so schon seltsam genug.

»Was ist los? Verfolgt dich jemand?«, fragte Noel nicht ohne Grund. Ich hielt mich nahe der Tür auf, mit einem Ohr am Holz. Es war albern und unnötig, aber ich konnte mich trotzdem nicht entspannen.

Ich kann ihm die Wahrheit nicht sagen.

»Janis ist etwas anhänglich seit gestern.« Was Besseres fiel mir spontan nicht ein.

»Ihr habt euch lange nicht gesehen«, bemerkte Noel und sah sich nebenbei in unserem Zimmer um. »Er hat dich sehr gern. Da ist es nur logisch, dass er Zeit mit dir verbringen will.«

Ich ließ die Tür in Frieden und näherte mich Noel, der sich auf einmal ganz anders anhörte. Als hätte ihm jemand diese Worte in den Mund gelegt.

»Wir sind nicht zusammen oder so«, stellte ich klar, noch bevor sich Noel um Kopf und Kragen reden konnte.

»Nicht? Ich dachte ...«

Er fühlte sich sichtlich unwohl, so abgestellt in einer Mädchenhütte.

»Nein. Es ist so viel passiert. Ich kann ihm nicht mehr trauen.«

»Wem kann man schon trauen?«

Es gefiel mir gar nicht, auf welche Art und Weise er mich ansah. Als hätte ich irgendetwas Schlimmes getan.

»Was willst du damit sagen?«

»Ich habe nachgedacht ... Findest du es nicht auch seltsam, dass die Captor Vivi wochenlang nicht gefunden haben, als nur ich davon wusste? Da verrate ich dir mein Geheimnis und noch am gleichen Tag wird sie gefangen.«

Ich konnte nicht glauben, was er mir unterstellte.

»Ich ... würde niemals! Wie ... kommst du auf die Idee, ich hätte etwas damit zu tun?«

Noel seufzte und zog die Vorhänge vor unser Fenster.

»Ich weiß nicht, was ich glauben soll«, gestand er.

»Ich habe dir doch versprochen, dass ich dir helfe, sie zu befreien.«

»Und was machen wir dann noch hier?«

Das war eine berechtigte Frage, auf die ich so rasch keine Antwort wusste.

»Je länger wir warten, desto eher werden ihre Spuren verwischt sein. Wir sollten so schnell wie möglich aufbrechen«, sagte Noel.

»Ich kann nicht«, gestand ich bedrückt. »Ich möchte es, aber ich kann jetzt hier nicht weg.«

»Verstehe.« Noel schob sich an mir vorbei zur Tür. »Gute Nacht, Lena.«

»Noel, ich ...« Doch er war schon draußen.

Es dauerte keine Sekunde, da sammelten sich Tränen in meinen Augen. Ich hatte ihn enttäuscht. Doch nur, um ihn zu schützen, und ich durfte es ihm nicht mal sagen. Konnte es noch schlimmer kommen?

In den nächsten Tagen hielt ich mich strikt von allen Fel fern. Es sei denn, ich trainierte mit Rajani, dann konnte ich schließlich nicht anders. Aber die restliche Zeit des Tages hielt ich mich bei Finn und den anderen Gammas auf. Es war fast genauso wie früher, bis auf den Fakt, dass ich nicht mehr Janis hinterher sah, sondern Noel, von dem ich geglaubt hatte, dass er schon längst auf dem Weg sei, Viviane zu retten. Doch er war noch da, trainierte, sprach mit niemandem ein Wort zu viel und schenkte mir keinerlei Beachtung. Ich konnte es ihm nicht übel nehmen. Dennoch schmerzte es zu wissen, dass er von mir enttäuscht war. Nach allem, was wir erlebt hatten, wie nahe wir uns schon gekommen waren, wie viel wir voneinander wussten, fühlte es sich schrecklich an, Rückschritte zu machen. Als wäre die Zeit außerhalb des Camps ausradiert worden. Als gälten innerhalb des Hüttenkreises andere Gesetze.

Meine Angst, Kieran würde mich von nun an jede Minute überwachen, war unbegründet. An seinem

Interesse an mir hatte sich nichts geändert. Vor allen anderen war ich Luft für ihn. Wenn wir aneinander vorbeigingen, sah er zwar manchmal auf mich herab, aber in keiner Weise unangenehm. Eher so, als würde er mich grüßen - wie einen Nachbarn, den man neben sich tolerierte, aber der einen genau so wenig interessierte, wie wann der erste Schnee fällt.

Ich war froh und erleichtert, dass er mir keine niederen Arbeiten zuteilte. Auch der Rest des Rudels benahm sich mir gegenüber wie immer, als wäre ich eine Gamma und noch immer die Neue, der man noch alles beibringen musste.

Viktors Regeln fanden zwar immer noch wenig Anklang bei den Schülern des Camps, aber sie setzten sie um. Zumindest dann, wenn jemand in der Nähe war, der sie beobachtete.

***

Es gab Tage, an denen sah ich Noel nicht ein einziges Mal. Ich machte mir jedes Mal große Sorgen, er wäre vielleicht doch aufgebrochen, Viviane zu finden. Doch dann sah ich ihn am darauffolgenden Tag und stellte erleichtert fest, dass alles wie immer war. Bis auf den Fakt, dass er meine Gesellschaft mied.

Dafür war Janis öfter in meiner Nähe, suchte den direkten Blickkontakt und lächelte, wann immer wir uns zufällig begegneten.

Ich hatte immer häufiger das Gefühl, in einer Zeitschleife festzustecken. Alles schien sich zu wiederholen.

Von den Captorn hörten wir nichts mehr, bis zu dem Tag, an dem Viktor uns beim Frühstück besuchte.

»Guten Morgen Camp Ferae. Bitte wartet mit dem Essen bis nach der Ansprache. Wir ihr zweifelsohne alle wisst, stehen die Spiele gegen die anderen Camps an. Schon morgen werden wir aufbrechen. Es ist an der Zeit, die Teilnehmer zu wählen.« Alle folgten gespannt Viktors Rede. »Wie die meisten von euch wissen werden, habe ich es immer für richtig gehalten, den Schülern die Wahl zu überlassen. Diejenige Gruppe, die die Testspiele gewinnt, wählte bisher alle Teilnehmer aus. Doch in diesem Jahr werden wir es anders machen.« Viktors Blick streifte einige der Störenfriede - allesamt Can, die sich über diese Neuerung aufregten. Ich konnte sie verstehen. Immerhin hatten wir nur knapp gegen die Fel gewonnen. Es waren sehr aufregende Testspiele gewesen. Mittlerweile sah ich zwar vieles anders, doch ein klein wenig enttäuscht war ich schon, als ich hörte, dass meine Anstrengungen ganz umsonst gewesen waren.

»Da es von nun an keine Gruppen mehr gibt und wir kein Risiko eingehen wollen, habe ich entschieden, dass wir Lehrer wählen, wer von euch mitkommt und wer hierbleibt. Diese Entscheidung ist endgültig. Ich erwarte, dass ihr euch alle damit arrangiert.«

Zoltan reichte Viktor einen Zettel, den er vorab aus seinem Notizbuch gerissen hatte.

»Ich werde nun die Namen der Schüler vorlesen, die an den Spielen gegen die anderen Camps teilnehmen werden.« Viktor räusperte sich, bevor er fortfuhr. »Aus dem ehemaligen Lager der Caniformia kommen mit: Kieran, Janis, Ben, Matteo, Zofia, Finn, ...« Die Liste ging so weiter. Viktor zählte alle Rudelmitglieder auf, die auch schon bei den Testspielen hervorragende Leistungen abgeliefert hatten. Es wunderte mich nicht, dass die vorderste Front aus Kieran und Zofia bestand. Sie waren Kämpfernaturen, durch und durch. Es wäre dumm, sie nicht mitzunehmen.

»Und nicht zu vergessen, Lena«, endete Viktor und sah in die Runde. Mir blieb kurz die Luft weg.

Auf meinem Rücken erschien eine vertraute Hand. Finn zog mich in eine Umarmung und beglückwünschte mich dafür, dass ich dabei sein durfte. Mir war die Tragweite dieser Entscheidung nicht sofort klar.

»Aus dem ehemaligen Lager der Feliformia kommen mit: Jeff, Ondrey, Ricardo ...«, fuhr Viktor fort.

Ich freute mich und gleichzeitig auch nicht. Die Testspiele waren ziemlich nervenaufreibend gewesen. Ich hatte mir mehr als eine Verletzung zugezogen und die Kämpfe waren meine persönliche Hölle. Gleichsam freute ich mich darauf, eine neue Erfahrung zu machen, Wandler anderer Arten zu sehen und mit ihnen zu sprechen. Es gab noch so viele Fragen, die ich hatte, die mir vielleicht einer von ihnen würde beantworten können.

»Noel und Rajani«, verkündete Viktor die letzten Namen auf seiner Liste.

Mir fiel ein Stein vom Herzen. Auch Noel und Rajani waren aufgerufen worden. Wir würden also alle zusammen zu den Spielen reisen und in einem Team kämpfen. Ich freute mich nun umso mehr, obwohl ich ziemlich sicher war, dass Viktors Wahl auch andere Gründe hatte. Er war nicht dumm. Er nahm natürlich die besten Kämpfer mit, aber vor allem nahm er all diejenigen mit, die den Campfrieden gefährdeten, damit er ein Auge auf sie haben konnte. Und zu denen gehörte ich ebenfalls.

Rajani und Finn lagen mir den Rest des Frühstücks in den Ohren, redeten ununterbrochen davon, wie toll es doch sein würde, gemeinsam gegen die anderen Camps anzutreten. Ich jedoch freute mich vor allem darauf, endlich mehr Informationen über die Akademie, die anderen Wandler und die Captor zu erhalten. Denn eines war völlig klar, O'Connell würde da sein. Er und Hunderte von Captorn, bis an die Zähne bewaffnet. Wir würden Viviane näher kommen und vielleicht sogar ihren Aufenthaltsort herausfinden.

Den gesamten restlichen Tag sprach niemand von etwas anderem, als der Wahl der Teilnehmer für die Spiele. Es gab eine Menge Schüler, die sich aufregten, nicht dabei sein zu dürfen. Viele freuten sich über Viktors

Entscheidung und ein paar wenige waren sogar froh, nicht erwählt worden zu sein.

Ich versuchte, das alles nicht zu nah an mich herankommen zu lassen. Stattdessen suchte ich die Einsamkeit, trainierte für mich allein und dachte darüber nach, wie offensiv ich nach Hinweisen suchen wollte. Denn nachdem, was Kieran mir angedroht hatte, war ich fest davon überzeugt, mich alleine auf die Suche nach Noels Schwester begeben zu müssen, um nicht noch mehr Freunde in Gefahr zu bringen.

Am Morgen darauf ging es für die Teilnehmer noch vor dem Frühstück los. Wir wurden auf vier Jeeps aufgeteilt: Rajani, Noel, Jeff und ich stiegen zu Viktor ins Auto, während Ben, Janis, Matteo und Finn zu Zoltan stiegen, Kieran und Zofia besetzten ein weiteres mit zwei Can, während vier stärkere Fel das letzte belegten.

Und schon ging es los.

Die Wagen rumpelten durch den Wald. Wir wurden im Inneren hin- und hergeschleudert. Ich krallte mich mit einer Hand an dem Griff über der Tür fest und versuchte, meinen Körper schwer zu machen. Doch keine Chance. Viktors Fahrstil brachte die Sitzordnung schon nach mehreren Metern vollkommen durcheinander. Rajani hing halb über Jeff und kicherte vergnügt bei der wilden Fahrt. Jeff machte den Pausenclown und tat so, als würde er bei jedem Rumpler seinen Kopf aufschlagen und augenblicklich sterben. Noel fand das Ganze so lustig wie ein Stück Brot. Angesichts der Situation wunderte es mich nicht. Er wollte gar nicht zu den Spielen. Er wollte seine Schwester retten, die erst vor wenigen Tagen von den Captorn entdeckt und mitgenommen worden war. Nun musste er noch bis zum Ende der Spiele warten, um mit der Suche nach ihr zu beginnen. Es fehlte ihm somit kostbare Zeit. Kein Wunder, dass er ein solches Gesicht machte.

Unter anderen Umständen wäre ich ihm aus dem Weg gegangen und hätte den direkten Kontakt vermieden. Doch in dem Jeep, der ohnehin nicht sonderlich geräumig war, wurde ich immer wieder heftig gegen ihn geschleudert. So sehr, dass es mir schon fast peinlich war, wie wenig Kontrolle ich über meinen Körper besaß. Mal flog ihm ein Arm ins Gesicht und mal saß ich halb auf ihm drauf. Rajanis Gekicher machte die Situation nicht unbedingt besser.

Irgendwann war Noel so genervt, dass er die Ellenbogen benutzte, um uns auf Distanz zu halten. Dass es sich nicht gut anfühlte, von ihm weggedrückt zu werden, kann man sich vorstellen.

Ich war heilfroh, als wir nach einer gefühlten Stunde endlich eine Pause machten. Viktor wies alle Schüler an, aus den Wagen zu steigen. Im ersten Moment war ich sicher, in ein völlig neues Gebiet vorgedrungen zu sein. Erst auf den zweiten Blick erkannte ich die natürliche Grenze in Form von einer Schneise zwischen den Wäldern, die unseren Teil des Waldes von dem am Fuße des Gebirges trennte. Ich wusste, dass wir uns am Übergang zum Gebiet der Aves befanden. Es war noch nicht allzu lange her, dass ich mit Finn auf Abenteuerreise gewesen war. Nur waren wir damals unerlaubterweise dort gewesen. Diesmal schien es ganz anders abzulaufen. Die Grenze wurde von vielen Captorn gesichert. Doch sie schienen über unser Kommen eingeweiht, denn Viktor sprach kurz mit einem von ihnen, während andere die Jeeps überprüften, unter die Motorhauben schauten und suchende Blicke ins Innere warfen. Wir Schüler waren alle ausgestiegen, um uns die Beine zu vertreten. Die meisten von uns blieben dicht bei ihrem jeweiligen Wagen. Nicht so Finn, er kam grinsend an meine Seite. Ich wusste sofort, wieso. Wir schwelgten kurz in Erinnerungen an unseren missglückten Fluchtversuch. Bis Viktor zurückkam und uns anwies, wieder einzusteigen.

Die Fahrt ging weiter, bis der Wald irgendwann abrupt aufhörte und wir vor einer riesigen Felswand zum Stehen kamen, die so weit in die Höhe führte, dass man das Ende kaum sehen konnte. Diesmal warteten keine Captor auf uns, sondern Männer in hautengen weiß-blauen Anzügen mit Fliegerbrillen in den Händen.

»Mitglieder der Aves«, klärte mich Finn auf, der sich nach dem Aussteigen wieder zu mir gesellt hatte. So wie es aussah, würden wir doch noch gemeinsam das Camp der Vögel sehen.

»Die sehen seltsam aus«, bemerkte ich. Sie hatten auffällige Gesichtsmerkmale. Bei dem einen war der Kopf sehr lang und die Augen standen dicht beieinander. Bei dem anderen war es genau umgekehrt, er hatte einen sehr breiten Kopf und weit auseinander liegende Augen. Der Dritte sah auf den ersten Blick normal aus, doch bei näherem Hinsehen erkannte ich, dass sein Körper ungewöhnlich gewachsen war. Er hatte zu lange Arme und die Beine waren etwas kurz.

»Kieran hat erzählt, dass die meisten Aves sich optisch verändern, je mehr sie sich mit dem Tier in sich verbünden«, erklärte Finn. »So wie diese dort.«

»Müssten sie dann nicht die Kontrolle über sich verlieren?«, fragte ich.

»Nein. Bei ihnen funktioniert es wohl anders. Sie müssen sich auf das Tier in sich einlassen, sonst werden sie niemals richtig fliegen können.«

»Heißt das, sie können nicht die Kontrolle verlieren?«

»Doch das schon, das kann jedem Wandler passieren, der nicht lernt, damit umzugehen. Aber die Aves haben es schwerer als wir. Fliegenlernen soll ihnen alles abverlangen«, fügte Finn hinzu.

»Das kann ich mir vorstellen.« In Wahrheit konnte ich das nicht. Wie sollte ich mir als Mensch oder Fuchs vorstellen, durch die Lüfte zu fliegen? Schon beim Fliegen in einem Flugzeug war ich jedes Mal aufs Neue erstaunt darüber, wie es uns Menschen möglich war zu steigen, anstatt zu fallen. Aber fliegen ohne Hilfsmittel? Unmöglich.

Einer der Männer begrüßte Viktor und sprach mit ihm über die Aufteilung, begutachtete jeden von uns von Kopf bis Fuß und zeigte dann mit dem Finger auf uns, woraufhin sich immer einer der Aves in Bewegung setzte.

Mir wurde ein junger, eher schlanker Junge zugewiesen. Er sah sehr freundlich aus und reichte mir die altmodisch aussehende Fliegerbrille.

»Setz die auf, damit du was sehen kannst«, wies er mich an.

»Was soll ich sehen?« Ich nahm sie entgegen, legte den Riemen an die Rückseite meines Kopfes und zog die Brille nach vorne. So stramm, wie sie saß, erinnerte sie mich an eine Badekappe.

»Vom Flug. Die Luft da oben ist ziemlich dünn und es ist windig. Wenn du was sehen willst, solltest du die Brille aufbehalten.«

»Euer Camp ist ...« Ich deutete fragend die riesige Felswand hinauf.

»Jepp. Aber das ist nur ein Teil, wir sind weit verteilt auf verschiedenen Höhen. Diejenigen zum Beispiel, die nicht fliegen können, leben am Boden. Dort, wo wir nun hinfliegen, sind die meisten von uns stationiert.«

»Du willst mit mir ... da rauffliegen?« Ich sah skeptisch auf seine dünnen Ärmchen und erinnerte mich an Finns Worte, dass es für die Aves sehr schwierig war, das Fliegen zu erlernen. Was, wenn es Probleme gab und er sich mitten in der Luft zurückverwandelte?

»Hab keine Angst, ich kann dich tragen. Du kannst mir vertrauen, ich mach das nicht erst seit gestern.« Er schlug sich spielerisch an die Stirn. »Ach, ich hab ganz vergessen, mich vorzustellen. Ich bin Toby.«

Ich schüttelte seine dünne Hand. »Lena.«

»Freut mich, Lena. Also dann. Ich werde mich jetzt verwandeln und du kannst entweder auf meinen Rücken steigen oder dich von mir in den Krallen tragen lassen, wie du willst.«

»Rücken«, entschied ich spontan, denn die Vorstellung wie eine Maus in den Fängen eines Vogels zu hängen und unter mir nichts als weit entfernten Boden zu sehen, war nicht so schön.

»Aufpassen jetzt.« Toby ging einen Schritt zurück und ich wartete darauf, dass er sich in einen kleinen bunten Singvogel verwandeln würde, den ich auf meine Schulter hätte setzen können. Doch zu meinem Erstaunen breitete er seine Arme aus, an denen zuerst braun-schwarz gesprenkelte Federn wuchsen. Danach an seiner Brust, sein Kopf verformte sich, er wurde breiter und runder, auf ihm wuchsen graue Federn. Mit einem Mal knickten seine Beine weg, sie verwandelten sich in gelbe Krallen und der Rest seines Körpers wurde von einem dichten Federkleid bedeckt. Ich stand mit offenem Mund da angesichts seiner Größe. Für einen Turmfalken, den er seiner Färbung und Form nach zu urteilen darstellte, war er zehnmal zu groß. Auf seinem Rücken war genug Platz, um selbst Viktor zu transportieren.

Toby gab ein freudiges Krächzen von sich und schlug mit den Schwingen.

»Na gut, wie du willst. Ich setze mich drauf«, sagte ich und ging um ihn herum. Er klappte seine Flügel ein Stück ein und senkte den Kopf, damit ich aufsteigen konnte. Es war ein seltsames Gefühl, auf den dichten Federn Platz zu nehmen. Es gab kaum eine Möglichkeit, sich festzuhalten. Deswegen legte ich die Arme um seinen Hals und klemmte die Beine an seinen Körper.

»Kann losgehen«, keuchte ich. Mir war schon vorher schwindelig.

Zu meinem Glück waren die anderen alle schon aufgestiegen. Auf einen Pfiff hin erhoben sich die Aves in die Lüfte. Ich gab ein erstauntes Quieken von mir, da ich das Gefühl hatte, jederzeit von Tobys Rücken zu rutschen. Mit aller Kraft klammerte ich mich an ihm fest, als wir höher und höher flogen.

Einige Aves stiegen fast senkrecht hinauf, während andere langsamer an Höhe gewannen. Da Toby zur Art der Falken gehörte, war es nur natürlich für ihn, in Schleifen zu fliegen. Dadurch hatte ich die Möglichkeit, mich langsam an den Flug zu gewöhnen und sogar ein wenig die Aussicht zu genießen, auch wenn ich dafür eigentlich noch viel zu ängstlich war.

Die Luft wurde dünner und kälter, je höher wir flogen. Der Wind zerrte an mir und an Tobys Federkleid. Es war gut, die Brille aufzuhaben, ohne hätte ich vermutlich wirklich nichts gesehen.

Höher und höher flogen wir an der steinernen Wand hinauf. Zwischendurch riskierte ich einen Blick nach oben. Die Ersten von uns verschwanden bereits mitten im Felsen.

Als Toby und ich hoch genug waren, konnte ich auch sehen, wohin sie verschwanden. Es gab dort oben, weit über den Baumspitzen, Aussparungen im Stein. Alle Aves flogen den mittleren in einer Reihe von fünf Höhleneingängen an. Toby und ich segelten hinter einem Nonnenkranich, auf dem Noel saß, durch das mannshohe Loch ins Innere des Berges und landeten auf einem dort hingeschafften Baumstamm am Eingang. Ich sah noch eine ganze Reihe weiterer Stämme, die offensichtlich als Landepunkte dort aufgestellt worden waren.

Da hinter uns noch viele kommen würden, stieg ich schnell ab. Toby verwandelte sich zurück und hüpfte mit mir gemeinsam auf den Boden der Höhle, die sich der Länge nach an der Felswand erstreckte und noch viele weitere Eingänge aufwies, in denen sogar einige der anderen Aves landeten. Diejenigen, die schon oben waren, sammelten sich und warteten auf den Rest. Vor allem auf Viktor, der als einer der Letzten eintraf und vom Rücken eines imposanten Weißkopfseeadlers sprang.

Als alle da waren, sammelten wir uns in Gruppen. An der Spitze der Aves stand ein großer, älterer Mann mit langem weißen Kinnbart, der eben noch ein Weißkopfseeadler gewesen war.

Offenbar einer der Lehrer oder der Campchef selbst.

Finn drängelte sich an Rajani vorbei zu mir und flüsterte mir ins Ohr, während der Adler eine kurze Begrüßungsansprache hielt.

»Wir hätten ihr Camp nie ohne ihre Hilfe sehen können. Das wäre ein ganz schöner Reinfall geworden.«

Ich kicherte als Zustimmung. »Wäre sicher lustig gewesen, unsere Gesichter zu sehen.«

»Halt mein Gesicht da raus. Ich sehe immer fantastisch aus, egal wie blöd ich mich anstelle.«

Ich schielte zu Matteo hinüber, der in der Reihe hinter uns stand und wie immer ernst aussah.

»Weiß er das auch schon?«, raunte ich Finn zu, so leise ich konnte.

Er wusste sofort, was ich meinte. Seine Wangen nahmen eine rötliche Farbe an.

»Nein. Das scheint er anders zu sehen.«

»Wohnt ihr noch in einer Hütte?«, erkundigte ich mich.

»Ja, noch.«

Mir wurde schlagartig bewusst, dass ich mich seit Tagen viel zu sehr mit meinen und Noels Problemen beschäftigte und dabei Finn vollkommen vergessen hatte. Das verdiente er nicht, auch wenn ich es gerne gesehen hätte, dass er sich gegen Kieran behauptete.

»Er wird schon noch. Oh, es geht los.«

Wir wurden von den Aves durch die Höhlen geführt, die allesamt am Rand der Felswand lagen, wie ein Hochhaus mit vielen Stockwerken. Kleine enge Steintreppen, die sich in Spiralen nach unten und oben schlängelten, verbanden die vielen Ebenen miteinander. In einem Pulk liefen wir treppauf, treppab, bis wir in einem Raum ankamen, der für eine Höhle im Fels erstaunlich gemütlich eingerichtet war.

»Das ist euer Sammelraum, hier könnt ihr euch ausruhen, sitzen, quatschen und einfach Mensch sein, wenn die Spiele gerade nicht stattfinden«, erklärte Toby, der Finns und mein freudiges Gesicht gesehen hatte.

»Das ist echt schön hier«, gab ich zu.

Leinentücher bedeckten das Loch in der Wand, das von der Größe mehr einem Fenster als einer Tür glich. Viele kleine türgroße Löcher gingen von dem Raum ab, die ebenfalls mit Tüchern abgehangen waren. Einige davon lagen sogar in zweiter und dritter Ebene, man konnte sie nur per Leiter erreichen.

»Das sind eure Schlafplätze für die nächsten Tage. Es haben immer genau zwei Leute Platz darin.«

Ich musste kichern, da mich diese Schlafräume sehr an einen Hühnerstall erinnerten.

Wir sahen uns in Ruhe um, prüften die Gemütlichkeit der Sitzkissen und schauten hinter die Vorhänge.

Die Aves, die von unserer Flugtruppe übrig geblieben waren, verabschiedeten sich.

Da Viktor fehlte und auch die anderen Lehrer nur blöd herumstanden, übernahm Kieran sogleich das Wort.

»Ihr habt den Kleinen gehört, das sind unsere Zimmer. Ihr Fel könnt eure Einteilung selber machen. Ich übernehme die des Rudels.«

»Na toll«, murrte ich vor mich hin. Ich hätte mir nur zu gerne ein Zimmer mit Rajani geteilt. Wen Kieran mir nun zuteilen würde, war klar.

»Janis und Ben, Finn und Matteo, Zofia und Lena ...«

»Was? Ich dachte, wir sind in einem Zimmer?«, echauffierte sich Zofia. Doch Kieran überging sie einfach und teilte weiter die Zimmer ein.

Zofia machte ein Gesicht, als hätte man ihr eine Hand abgehackt. Es war zumindest ein kleiner Trost, dass sie ebenso wenig glücklich über diese Zuteilung war wie ich. Doch das half uns auch nicht weiter.

Kurze Zeit später bezogen wir unser Zimmer, das die Größe einer Klokabine hatte. In einem knapp vier Quadratmeter großen Loch im Stein hingen zwei Hängematten an dicken Seilen von der Decke, die direkt nebeneinander baumelten und somit den kompletten Raum füllten.

»Das ist doch ein Scherz«, murrte Zofia, die als erste das Zimmer betreten hatte. »Haben die keine Betten?«

»Offenbar nicht für uns«, sagte ich kopfkratzend. Wir hatten gerade mal genug Platz unsere Rucksäcke abzulegen, schon war das Zimmer voll. »Warst du letztes Jahr nicht dabei? Oder wieso wunderst du dich darüber?«

Zofia sagte mit einem Blick mehr als tausend Schimpfworte. »Stell keine dummen Fragen. Die Spiele finden sonst nie bei den Camps statt, sondern in der Arena.«

»Welche Arena?«

»Die der Akademie. Echt, wie hat Janis das nur so lange mit dir ausgehalten. Dein IQ ist unterirdisch.«

Ich überging diese spitze Bemerkung und warf stattdessen einen Blick in die Hängematte, in der ich die nächsten Tage schlafen sollte. Sie war recht geräumig, für eine Hängematte zumindest. Von außen war nichts als ein Geflecht aus Seilen zu sehen, das an das Nest eines Vogels erinnerte. Innen sah es gemütlich aus, viele Lagen Decken und Kissen polsterten die grobe Seilkonstruktion aus. Ich war so etwas zwar nicht gewohnt, freute mich aber trotzdem auf die erste Nacht in diesem Bett. Ein Blick in Zofias arrogantes Gesicht zeigte, dass sie das ganz anders sah.

»Da drinnen schlafe ich nicht.«

»Dann lass es.«

Sie gab einen Ton von sich, den man als schnippisches Fiepen interpretieren konnte.

Egal, was es sein sollte, ich freute mich darüber. Alles, was ihr Unbehagen bereitete, war ein Zugewinn für mich.

Wir ließen unser neues Zimmer hinter uns und kehrten zurück in die Vorhöhle, in der es sich einige von uns gemütlich gemacht hatten.

Allen voran Rajani und Jeff, die nicht aufhören konnten zu kichern und sich zu necken.

Ich sah Noel am Ausguck stehen. Er wirkte wie immer verschlossen und nachdenklich. Auf den Plätzen hinter ihm hockten Jeffs Kumpel und daneben rekelte sich Finn auf einem riesigen Kissen, unter den wachsamen Augen von Matteo.

»Und? Schlaft ihr auch in Hängematten?«, fragte Janis, der wie zufällig am Eingang zu unserem Zimmer stand.

Ich nickte nur und schaute mich um, ob ich schnell jemandem ein Zeichen geben konnte, mich zu retten. Ich wollte Janis in dem Moment einfach nur aus dem Weg gehen.

Doch leider waren all meine Felfreunde unerreichbar. Kieran war in der Nähe und beobachtete mich sicher. Ich wusste, dass er nicht zögern würde, seine Drohung in die Tat umzusetzen. Gerade in solch schwindelnder Höhe machte ich mir Sorgen. Die Löcher im Fels waren ungesichert. Sie waren zwar mit Stoffbahnen verhangen, man konnte also nicht sofort hinausfallen, dennoch würde es für jemandem wie Kieran ein Leichtes sein, einen Wandler nachts aus dem Bett zu holen und hinauszuwerfen. Allein der Gedanke daran ließ mich schwindeln.

»Klar, Hängematten sind irgendwie cool«, antwortete ich auf Janis‘ Frage. Mein hilfesuchender Blick zu Noel wurde von dessen Rücken verschluckt.

»Ja, irgendwie schon.« Ein Lächeln folgte, das mich normalerweise schlicht umgehauen hätte. An diesem Tag allerdings und nach allem, was passiert war, ließ es mich kalt.

»Lena! Komm her, das musst du ausprobieren!«, rief Finn quer durch den Raum und erntete dafür nicht nur von den Fel genervte Blicke.

Gott sei Dank!

»Ich komme!« Mit sechs langen Schritten war ich bei ihm und warf mich in das große Kissen neben ihm. Es fing mich sofort mit einem hörbaren Seufzer auf, den ich der entweichenden Luft zuschrieb. Es war verboten gemütlich.

»Die haben es echt viel komfortabler, die Aves.«

»Wenn man drauf steht, in Löchern in der Wand zu schlafen, hast du recht«, sagte Matteo.

Finn und ich gaben ein genervtes Stöhnen von uns.

»Versuch es doch mal, dann wirst du sehen, wie gemütlich es ist«, schlug ich vor. Doch keine Chance. Matteo rührte sich nicht vom Fleck und erinnerte mich für einen Moment an Noel, wie er uns mit einem abweisenden Schweigen strafte.

»Lass ihn, wir sollten uns überlegen, wie wir Viktor diese Kissen schmackhaft machen können. Was meinst du, Lena, was könnte ihn davon überzeugen, uns auch solche Teile zu holen?«, fragte Finn.

»Der Sieg in den Spielen wäre ein Anfang«, rief besagter Campchef so laut, dass er alle Blicke auf sich zog. Er schien selbst davon überrascht, wie stark es in der Höhle schallte.

»Wenn wir gewinnen, besorgst du uns solche Kissen?«, versuchte es Finn ein weiteres Mal. Er sah einfach verdammt niedlich aus, wie er seinen roten Wuschelkopf in das sandfarbene Kissen vergrub.

»Wenn ihr gewinnt, bekommt ihr sogar Hängematten in eure Hütten.«

Einvernehmlicher Protest war die Folge, was Viktor zum Lachen brachte.

»Na los, Essen fassen. Wer weiß, wie schnell diese Vögel fressen.« Viktor holte uns mit einer einladenden Geste aus unserem Trotz. Wir standen auf, verließen den Kissenhimmel und folgten ihm ellenlange Gänge und schmale Treppengänge hinauf in eine der höchsten Ebenen.

Als wir den Bereich betraten, den man für eine Kantine halten konnte, denn es saßen viele Schüler an Steinformationen, die entfernt an Tische erinnerten, änderte sich die Stimmung schlagartig. Alle stellten sofort ihre Gespräche ein und sahen zu uns hinüber, die wir gerade mal einen Fuß hineingesetzt hatten.

Viktor ließ sich davon nicht beirren. Er stiefelte auf geradem Weg durch die Reihen, grüßte mal hier und mal da mit einem Nicken und griff sich dann ein Tablett, auf dem eine gute Portion Fleisch aufgehäuft war.

Der Rest von uns war nicht sonderlich erpicht darauf, sich mitten zwischen finster dreinblickende Aves zu begeben. Bis auf Kieran natürlich, der auch ohne seine Anhänger übertrieben selbstbewusst rüberkam und Viktor sogleich folgte. Hinter ihm kam Zofia und dann Janis und der Rest. Da mir die vielen Blicke unangenehm waren, hakte ich mich bei Finn unter, der jedem, der ihn ansah, ein Lächeln schenkte, das nicht ein einziges Mal erwidert wurde.

»Spar dir das, die wollen uns nicht hierhaben«, flüsterte ich ihm zu.

»Sie kennen uns doch gar nicht. Vielleicht muss man sie einfach ermuntern, mit uns zu sprechen anstatt zu kämpfen?«

»Du bist zu gut für diese Welt«, seufzte ich und warf unauffällig Matteo einen Blick zu, der seine schlechte Laune wie einen Panzer trug. »Erst Recht für gewisse Grauwölfe.«

»Hör auf, Lena«, warnte mich Finn. »Er versucht nur, das Richtige zu tun.«

Wir waren endlich an der Essensausgabe angelangt. Wandler für Wandler wurden wir versorgt und suchten uns dann einen freien Tisch.

»Das Richtige wäre, sich für dich zu entscheiden und dich nie mehr gehen zu lassen«, setzte ich das Gespräch fort.

Finn seufzte daraufhin schwer und rieb sich mit der linken Hand den Nacken. »Mach mir keine Hoffnung, wo keine ist.«

Ich stupste ihn von der Seite an. »Gib noch nicht auf. Auch er wird eines Tages einsehen, dass du der Hauptgewinn bist.«

Wir begannen zu essen. Kurz darauf setzten sich Ben, Janis und Matteo zu uns an den Tisch. Am Nebentisch konnte ich Rajani kichern hören. Noel, Jeff,

Ricardo und Ondrey saßen bei ihr. Die Trennung zwischen Can und Fel bestand also weiterhin und Kieran, der zwei Tische weiter saß und äußerst zufrieden aussah, war einer der Gründe dafür.

Ich mochte es sehr, mit Finn zusammen zu sein, gleichfalls konnte ich es aber kaum erwarten, endlich wieder Zeit mit Noel und Rajani zu verbringen.

In dem Moment, wo ich verträumt Noels schön geschnittenes Profil betrachtete, drehte er den Kopf zu mir. Ein kaum sichtbares Lächeln reichte aus, um meinen Tag zu retten.

Dämlich grinsend machte ich mich über mein Essen her und beobachtete mit Genugtuung, wie Janis einen bösen Blick zu Noel hinüberwarf, der allerdings abprallte.

Das Essen verlief friedlich. Als die Aves bemerkten, dass wir uns wohlzufühlen schienen, egal wie böse sie uns anstarrten, gaben die meisten es auf und widmeten sich ihren eigenen Gesprächen. Nur vereinzelt spürte ich noch die ein oder andere negative Schwingung in unsere Richtung gehen. Kaum, dass ich mit dem Essen fertig war, begann ich damit, die fremden Schüler zu mustern, die allesamt seltsam aussahen. Bei uns im Raubtier-Camp gab es zwar schon einige Schüler, die optisch oder charakterlich herausstachen, doch die waren alle normal im Vergleich zu den Aves, zu denen der Ausspruch *komische Vögel* passte wie der Deckel auf einen Topf.

Nicht nur von Körperbau und Proportionen her unterschieden sie sich von uns, auch ihre Frisuren, Haarfarben und Kleidung waren anders - verrückt irgendwie.

Ein Mädchen stach in ihrer Gruppe aus bunt gekleideten Hippies durch ihre schwarze Kleidung, die schwarzen Haare und die dunkle Schminke deutlich hervor. In einer normalen Welt hätte ich sie als Gothic bezeichnet, doch hier bei den Aves waren alle anders und damit war sie schon wieder normal. Ihr Äußeres erinnerte mich entfernt an einen Raben.

Das Mädchen neben ihr hatte viele bunte Federn in ihr Haarkonstrukt geflochten. Ihr Hals war länger als gewöhnlich, dafür sah sie erstaunlich hübsch aus. Wenn ich sie einem Vogel zuordnen müsste, dann wohl einem Papagei. Auch viele andere erinnerten mich an Vögel, die ich in einem Zoo gesehen hatte. Bei einem Jungen mit großen Augen und großer Brille zum Beispiel, war ich mir sicher, dass er sich nur in eine Eule verwandeln konnte.

Toby, den netten Turmfalken, der mich hinaufgebracht hatte, sah ich am Tisch des bebrillten Eulenjungen. Er erzählte wohl gerade von unserem Flug, denn mit den Händen deutete er an, wie ich mich krampfhaft an seinem Hals festgeklammert hatte. Er war mir sehr sympathisch und ich freute mich auf eine zweite Begegnung mit ihm.

Nach dem Essen wurden wir schnell aus der Kantine gelotst, denn am Eingang wartete ein ganzer Haufen neuer Schüler darauf einzutreten. Es waren allesamt unbekannte Gesichter. Sie ähnelten weder uns Ferae, noch den Aves, sie sahen ganz anders aus: ruhig, gemütlich und eher einfach.

»Die Pisce«, klärte mich Finn auf, der sich beim Gehen diesmal bei mir eingehakt hatte. »Sie sind nicht so klug, wie sie aussehen. Ein Wunder, dass sie den Weg überhaupt gefunden haben.«

»Du bist böse«, mahnte ich ihn kichernd.

»Ich kann nichts dafür. Guck nur, der sieht doch aus wie ein Walross.« Finn deutete mit dem Finger auf einen dicklichen Jungen mit Bart.

»Hör auf damit, das ist gemein.«

»So ist er immer, wenn er die Pisce sieht«, sagte Matteo, der dicht hinter uns lief.

»Hey, das stimmt nicht! Nicht immer.«

»Wer‘s glaubt.« Matteo rang sich ein schwaches Lächeln ab.

Finn verteidigte sich den gesamten Weg zurück zu unseren Schlafplätzen mit Händen und Füßen. Doch es half nichts, Matteo blieb bei seiner Meinung. Im Nachhinein bin ich ihnen sehr dankbar. Für einen kurzen Moment konnte ich alles vergessen, was zwischen den Can und den Fel, mir und Kieran, geschehen war und war einfach nur Lena, das neue Mitglied im Rudel.

Den Rest des Tages brachten die meisten damit zu, sich das Camp der Aves anzusehen. Einige legten sich schlafen, weil sie ihre Kräfte schonen wollten, andere konnten vor lauter Aufregung keine Minute stillsitzen.

Im Laufe des Nachmittags trudelten auch die restlichen Camps ein: Reptii und Euun. Wie wir von einem der Wächter der Aves erfuhren, wurden alle Camps in unterschiedlichen Trakten der Aves-Burg (wie ich sie insgeheim nannte) untergebracht. So weit wie möglich voneinander entfernt, damit nicht schon vor dem offiziellen Start am morgigen Tag wilde Kämpfe losbrechen würden.

»Wer hat letztes Jahr eigentlich gewonnen?«, fragte ich Matteo, der endlich wieder mit mir sprach, wenn auch genauso abweisend wie früher.

»Die Aves.«

»Und das Jahr davor?«

»Die Aves.«

»Und das Jahr davor ... Lass mich raten, die Aves.«

Matteo grunzte zustimmend.

»Die müssen ja echt gut sein, wenn sie immer gewinnen.«

»Sie können fliegen«, murrte Matteo daraufhin. »Würden wir fliegen können, wären wir die Gewinner. So einfach ist das.«

»Aber es gibt doch sicher Spiele, die nur am Boden oder im Wasser stattfinden. Da müssen doch auch die anderen Camps eine Chance haben.«

»Es gibt Vögel, die können sehr schnell laufen und welche, die verdammt gut schwimmen. Noch Fragen?«

»Viele, aber die hebe ich mir für später auf.« Nachdenklich sah ich Finn dabei zu, wie er sich in einen der blauweißen Anzüge zwängte, die die Aves bei unserer Abholung getragen hatten. Dieser Junge war einfach unglaublich verspielt. Wie ein Zehnjähriger grinste er bis über beide Ohren, als er den hautengen Overall anhatte und damit auf und ab hüpfte.

Matteo kommentierte Finns Spielerei mit einem verständnislosen Kopfschütteln. Dabei fiel mir auf, dass er Finn keinen Moment aus den Augen ließ. Die Umgebung schien ihn wenig zu interessieren. Als Finns selbsternannter Wächter, für den ich ihn insgeheim immer gehalten hatte, müsste es eigentlich seine Aufgabe sein, alles drumherum im Blick zu haben. Matteo aber sah nur Finn.

Ein wissendes Grinsen legte sich auf meine Lippen.

»Was würde er nur ohne jemanden wie dich tun«, sagte ich beiläufig. Finn hatte den Overall inzwischen wieder ausgezogen und zerrte uns weiter zum nächsten Raum, in dem seltsame Apparate herumstanden, die wie künstliche Flügel aussahen und die Finn natürlich genau in Augenschein nehmen musste.

»Er würde verhungern, vereinsamen und verrückt werden.«

»Könnte stimmen.« Wir sahen uns schmunzelnd an, als Finn sich einen der Flügel über den Arm zog, damit herum wedelte und gleich darauf von einem Mitglied der Aves angeraunzt wurde nichts anzufassen.

Mit roten Backen und vollkommen aufgekratzt kam er zu uns zurück.

»Lena, das musst du dir ansehen, die haben hier Flügel zum Üben. Das müssen wir unbedingt ausprobieren.«

»Genau, zieht die Flügel an und macht eine kleine Spritztour. Am besten direkt aus dem Fenster«, sagte Matteo in einem abfällig sarkastischen Ton.

»Das machen wir, aber ohne dich, du Spaßbremse. Komm, Lena!« Finn führte mich an der Hand zum nächsten Raum, in dem noch mehr dieser Flügel standen. Ein Mann bastelte gerade an einem Neuen herum und nähte jede einzelne Feder an ein Konstrukt aus künstlichen Knochen.

»Guckt er noch?«, fragte Finn und tat so, als würde er sich die Apparate ganz genau ansehen.

Ich warf einen zufälligen Blick nach hinten zu Matteo.

»Jepp.«

»Gut.« Finn war offensichtlich zufrieden. »Ich wette darauf, dass er gleich geht.«

»Ich sage, er kommt uns hinterher«, hielt ich dagegen.

Gemeinsam beobachteten wir, wie Matteo überlegte.

Leider fanden wir nicht heraus, wer von uns gewonnen hatte. Denn kurz darauf wurde Matteo von einem Trupp schwerer Typen umringt. Sie sahen nicht so aus, als wären sie ihm wohlgesinnt.

Ich tippte Finn an, der die Gefahr sofort witterte und Matteo, ohne nachzudenken, zu Hilfe kam. Er drängelte sich zwischen den Jungs hindurch zu ihm. Plötzlich war er nicht mehr der kleine verspielte Junge, sondern ein fast zwanzigjähriger junger Mann, der seinem besten Freund zur Seite stand.

Er verschwand fast vollends hinter den bulligen Rücken der fremden Typen, die alle verdammt groß und breitschultrig waren. Sie schienen Finns Rettungsaktion ebenso lächerlich zu finden, wie ich. Die sechs Schränke schlossen den Kreis um Finn und Matteo, bedrängten sie und redeten auf sie ein.

Ich muss etwas tun! Aber was?

Ich wusste, dass ich mich beeilen musste. Es fehlte nicht viel und einem rutschte die Hand aus. Im allerschlimmsten Fall Matteo, der schließlich dafür bekannt war, Streit zu suchen anstatt ihn zu vermeiden - selbst als Defender.

Fieberhaft grübelte ich, was ich tun könnte, um das Schlimmste zu verhindern. Ich dachte erst daran, Hilfe zu holen, doch das würde viel zu lange dauern. Um Hilfe zu rufen, würde vielleicht etwas bringen, doch auch das erschien mir wenig erfolgversprechend.

Mir blieb nichts anderes übrig, als es mit der Intelligenz einer Frau zu versuchen.

Ich lief auf sie zu, tat dabei so, als würde ich über eine Unebenheit am Boden stolpern, fiel nach vorne und krallte mich quiekend an einen der Schränke fest.

»Aua!«, rief ich laut aus und hielt mir das Knie.

Die fremden Typen drehten sofort zu mir um. Der, den ich mitgerissen hatte, stützte mich. Er schob die anderen helfenden Hände seiner Freunde beiseite und sorgte dafür, dass ich genug Platz hatte, um durchzuatmen. Ich bemerkte seine gut ausgeprägte Muskulatur. Ein Glück war ich in der Nähe gewesen. Ohne mich wären Finn und Matteo jetzt wahrscheinlich Hackfleisch.

»Hast du dir wehgetan, kleine Taube?«, fragte der Kerl mit tiefer Stimme. Ich starrte für einen Moment auf seinen riesigen Unterkiefer.

»Mein Knie. Es tut weh. Ich weiß nicht, ob ich so laufen kann.«

»So ein ungeschicktes Mädchen. Na komm, ich trage dich.« Er hob mich hoch, als wöge ich nicht mehr als eine Feder. Er roch nach Schweiß und abgestandenem Wasser. Doch darüber konnte und wollte ich mich nicht beschweren.

Er trug mich auf Händen die ganze Höhle entlang und die Treppen hinauf. Ihm hinterher trotteten seine Kumpels, ihren Gesichtern nach zu urteilen, waren sie nicht glücklich über diese Wendung. Hinter dem letzten Kopf entdeckte ich Finns wilde rote Haare. Mein Plan war aufgegangen.

Als mich der stämmige Typ auf der mittleren Ebene der Aves-Burg absetzte, trat ich vorsichtig auf.

»Danke. Es geht schon wieder. Das war wirklich nett von dir«, sagte ich lächelnd.

»Es war mir eine Ehre.« Er verbeugte sich, wie ein Gentleman aus einem alten Film. »Hank, Camp Reptii«, stellte er sich vor.

»Lena, Camp Ferae.«

»Also bist du gar keine Taube, sondern ein Kätzchen«, schnurrte er. Seine spitz zulaufenden Zähne erinnerten mich stark an das Gebiss eines Alligators.

»Ein Fuchs«, stellte ich richtig.

»Das ist unverkennbar.« Er deutete auf meine Haare. »Ich hoffe, wir treffen im Kampf nicht aufeinander. Bei so viel Schönheit kann ich nur kapitulieren.«

Ich schlug verlegen die Augen nieder.

Lena, jetzt reichts aber!, ermahnte ich mich in Gedanken.

»Lena! Geht es dir gut?« Finn warf sich mir an den Hals und hauchte ein ‚Danke' in mein rechtes Ohr. »Wir haben dich stürzen sehen. Bist du ernstlich verletzt?«

»Es geht ihr gut. Aber sie sollte ihr Bein nicht zu viel belasten. Besser, ihr bringt sie in ihr Zimmer und passt auf sie auf«, befahl Hank an Matteo und Finn gewandt. »Sie muss sich schonen.«

»Machen wir«, sagte Finn.

Matteo hingegen knurrte nur, als Hank und seine Schränke von Freunden dicht an ihm vorbeiliefen und so etwas murmelten wie: »Wir sehen uns bei den Spielen.«

Finn und ich grinsten uns an. Doch mit dem Lachen warteten wir noch, bis die Reptii außer Hörweite waren. Dann gab es kein Halten mehr.

»Lena, das war genial!«, feierte Finn mich. »Ich wusste gar nicht, dass du so gut schauspielern kannst!«

»Ich auch nicht«, prustete ich zurück.

»Kann sie auch nicht. Das war erbärmlich. Sie kann froh sein, dass Hank und seine Leute Gehirne in der Größe von Erbsen haben«, warf Matteo ein.

»Ich dachte, die Pisce sind die, die nicht so intelligent sind«, sagte ich.

»Die Pisce und die Reptii!«, stellte Finn klar und hielt sich vor Lachen den Bauch.

»Na, dann können wir gegen die schon mal nicht verlieren.«

»Nicht, wenn wir dich im Team haben.«

Matteo rollte mit den Augen und tat mal wieder alles, um die Stimmung zu drücken. Doch Finn und ich waren so ausgelassen, dass wir uns nicht den Spaß verderben ließen. Zurück in dem Trakt, den wir bewohnten, warf sich Finn auf das erstbeste Kissen und schlug die Beine übereinander. Ich ließ mich neben ihn fallen.

»Was hat dieser Hank eigentlich für ein Problem mit Matteo? Kennen die sich?«, fragte ich ihn.

»Er hat eine Rechnung mit ihm zu begleichen«, erklärte Finn.

Matteo hatte uns allein gelassen und starrte auf den Durchgang, der uns von dem Rest der Wandler trennte.

»Ist eine lange Geschichte«, fügte Finn hinzu.

»Erzähl sie mir nachher. Ich werde mich kurz hinlegen. Ich bin so blöd gefallen, dass ich, glaube ich, wirklich was abgekriegt habe.«

»Mach das. Wir sehen uns später.«

Ich rappelte mich auf und humpelte zu meinem Zimmer.

In dem Moment, wo ich den Vorhang beiseiteschob, erklang ein erschrockenes Stöhnen von drinnen. Licht fiel in den kleinen Raum und erhellte das, was darin passierte.

Zofia stand mit dem Rücken zu mir und war gerade dabei, sich umzuziehen. Über ihren gesamten Oberkörper zogen sich dünne Striemen, die sie gleich darauf unter einem Shirt verbarg.

»Von Anklopfen hältst du wohl nichts?«, blaffte sie mich an.

Ich schlug demonstrativ mit der Faust auf den Stoff.

Zofia rollte mit den Augen. »Komm schon rein.«

Ich ging hinein und zog den Vorhang zu. Dabei stieß ich mit dem Ellenbogen gegen Zofia, die umständlich versuchte, in eine Hose zu schlüpfen.

Die Luft war erfüllt von Feindseligkeit, auch wenn ich gerade mal zwei Sekunden da war. Zofia knurrte leise vor sich hin, während ich nur herumstehen konnte, weil einfach kein Platz war.

Ich entschied, eine Auseinandersetzung nicht weiter zu provozieren, schnappte mir aus meinen Rucksack das einzige Buch, das ich mitgenommen hatte, und machte es mir im Aufenthaltsraum davor gemütlich.

Am Abend wurde uns das Essen in unseren Trakt geliefert. Es sah so aus, als wären die Leute in der Kantine vollkommen überfordert mit so vielen Schülern. Deswegen schickten sie Fresspakete in jeden der Trakte und bewirteten nur die Aves, die ebenfalls alle irgendwo in diesem Gewirr aus Gängen und Höhlen wohnten.

Dafür, dass wir eigentlich alle miteinander verfeindet waren, herrschte eine seltsam heitere Stimmung im Lager der Ferae. Offenbar gewöhnten sich alle langsam daran, zu einem Camp zu gehören. Ich sah sogar richtige Interaktion zwischen ihnen. Allen voran Kieran, der Rajani Komplimente zu machen schien, denn sie wirkte für ihre Verhältnisse schon sehr verlegen. Jeff schien das gar nicht zu gefallen, er biss fluchend in sein Brot und ließ sie nicht aus den Augen.

»Wie gefällt es dir hier?«, fragte Janis, der sich schon wieder annäherte und mich mit seiner Fürsorge wirklich nervte.

»Ganz gut«, antwortete ich achselzuckend. »Und dir?«

»Gar nicht. Es ist alles so ... beengt.«

Ich sah ihm direkt in die Augen. »Die Aves sind eben anders als wir. Ein Vogel kann jederzeit seine Flügel ausbreiten und hinausfliegen. Was macht es da schon, auf engem Raum zu hausen, wenn man vor dem Fenster die Freiheit hat?«

»Du bist eindeutig zu clever. Wie soll ich dich in Ruhe lassen, wenn du solche Dinge sagst und dann noch so hübsch aussiehst?«

Sein Lächeln wirkte aufrichtig. Der Geruch, der mich früher vollkommen aus der Fassung gebracht hatte, roch vertraut, aber nicht verführerisch. So war Janis eben: Süß, nett, aber ohne Rückgrat.

Mein Blick wanderte hinüber zu Noel, der in Rajanis Nähe auf einer Bank saß und seine Hände knetete.

Er wirkte in sich gekehrt. Er schien die Reise zu den Aves nicht genossen zu haben. Wahrscheinlich dachte er noch immer an Viviane und wie er es anstellen sollte, sie zu finden und zu befreien.

»Du magst ihn sehr, hab ich recht?«, fragte Janis plötzlich.

»Was, wen?« Ich riss mich von Noel los und sah wieder hinauf zu Janis, dessen blaue Augen traurig wirkten.

»Den schwarzen Panther, Noel.«

Ich nickte. Es war schließlich kein Geheimnis und jetzt, wo Janis und ich nicht mehr zusammen waren, fühlte ich mich auch nicht schuldig. Abgesehen davon war zwischen Noel und mir nichts passiert. Zumindest nichts, was man als falsch ansehen könnte.

»Ich hoffe, er wird nicht die gleichen Fehler machen wie ich.«

»Das wäre auch kaum möglich.«

Mir gefiel gar nicht, in welche Richtung sich dieses Gespräch entwickelte. Absolut nicht. Janis war der Letzte, mit dem ich über meine Gefühle für Noel reden wollte.

»Tut mir leid, Lena. Wirklich.«

»Was tut dir leid? Dass du mich im Stich gelassen hast? Dass du dir von Kieran das Rudel hast entreißen lassen? Dass du dir gleichzeitig Zofia und mich warm gehalten hast? Dass du zugesehen hast, wie Kierans Leute mich angreifen?«

»Ich habe dich nicht im Stich gelassen. Hat Finn dir nicht erzählt, was ich für dich getan habe?«

Ich schnaubte abwertend.

»Also hast du ihn vorgeschickt, anstatt es mir persönlich zu sagen? Ziemlich feige für einen Rudelführer, findest du nicht? Ach stimmt ja, das bist du ja auch nicht mehr.«

»Das ist nicht fair.«

Dieser eine Satz katapultierte mich zurück ins Hier und Jetzt.

»Nein, das ist nicht fair. Nichts von dem, was im Camp passiert, ist jemals fair.«

Ich ließ ihn stehen und beeilte mich, zu Finn und Matteo zu kommen. Ich brauchte dringend nettere Gesellschaft. Die sich anbahnenden Tränen konnte ich erst recht nicht gebrauchen.

Die beiden Jungs saßen mit Ben und ein paar anderen ehemaligen Can in einem Kreis auf ihren Sitzkissen. In der Mitte hatten sie einen provisorischen Holzstapel aufgetürmt, der aus den Überresten des Abendessens bestand - Pappteller, Plastikbesteck und Becher - und an unseren Lagerfeuerplatz erinnerte. Sie schienen ein Stück Heimat gebrauchen zu können.

Ich setzte mich dazu und lauschte den Gesprächen und den Blödeleien. Darüber fand ich wieder etwas Ruhe.

Als es an der Zeit war schlafen zu gehen, nahm ich all meinen Mut zusammen und quetschte mich hinter Zofia in unser Zimmer. Die Dunkelheit, die auch den Vorraum einhüllte, machte es mir schwer, etwas zu erkennen. Ich musste meine Augen anstrengen, um in der Schwärze meinen Rucksack zu finden.

Rücken an Rücken zogen wir uns um und schlüpften dann in unsere Hängematten. Das runde Decken- und Kissenparadies war sehr gemütlich. Viel mehr noch, als ich mir jemals vorgestellt hatte. Ich hing in ihm fest, wie ein Fisch in einem Netz. Trotzdem fühlte es sich erstaunlich gut an. Die Aves hatten wirklich ein Gespür dafür, wie man sich ein Nest baut.

»Ich glaube einfach nicht, dass ich hier mit dir liege statt mit ihm«, grummelte Zofia, die ihrerseits nicht so glücklich mit der Hängematte war. Sie warf sich von einer Seite auf die andere und stieß dabei gegen mich.

»Entspann dich endlich«, motzte ich sie an. »Ich kann nicht schlafen, wenn du mich ständig anstößt.«

»Nicht mein Problem!« Sie gab keine Ruhe, trat mit den Füßen und beulte die Hängematte bis zum Äußersten aus.

»Lass das sein!«, herrschte ich sie an.

»Du hast mir gar nichts zu befehlen. Du bist nur eine Omega und stehst weit unter mir!«

Das war zu viel. Ich setzte mich in meiner Hängematte auf, was gar nicht so einfach war, angesichts der nicht vorhandenen Stütze.

»Du und Kieran passt echt gut zusammen!«, fauchte ich sie an. »Zwei Tyrannen, die alle klein halten, Lügen erzählen und manipulieren. In Wahrheit seid ihr Feiglinge. Du - und Kieran erst Recht.«

»Nenn ihn nicht so!«

»Ich nenne ihn, wie ich will. Er ist genau so ein hinterhältiger Kotzbrocken wie du. Niemand von euch traut sich, mich öffentlich anzugreifen, das macht ihr nur heimlich, wenn es dunkel ist und ich alleine bin.«

»Wir geben jedem, was er verdient.«

»Hatte ich es etwa verdient, bei den Testspielen in der Luft zerrissen zu werden, von Mitgliedern meines eigenen Teams?«

»Du hast dich dazwischen gedrängt! Von Anfang an!«, fauchte Zofia zurück.

»Ach komm, es ging dir doch nie um Janis. Du wolltest nur die Freundin des Rudelführers sein. Kaum ist Kieran da, schmeißt du dich ihm an den Hals und Janis ist vergessen.

Willst du wissen, wie man bei mir daheim Mädchen wie dich nennt?«

»Ich mach dich fertig!«, schrie Zofia.

»Versuch es!«

Gleichzeitig wühlten wir uns aus den Hängematten. Niemand wartete mehr. Mit wildem Knurren verwandelte ich mich und stürzte auf sie los. Ich verbiss mich an ihrem Hals, während sie mit ihren Krallen blutige Kratzer auf meinem Rücken hinterließ. Wir schlugen um uns, suhlten uns auf dem Boden und prallten gegen die Wände. Eine Mischung aus Heulen und Knurren ertönte, das im gesamten Trakt zu hören sein musste.

Es dauerte eine gefühlte Ewigkeit, bis jemand den Vorhang zu unserem Zimmer beiseiteschob und uns voneinander trennte.

Zu meinem Unglück war es auch noch Kieran. Doch, anstatt etwas zu sagen, was ich in dieser Situation erwartet hätte, drohte er uns nur körperlich, hielt uns mit Blicken davon ab, erneut aufeinander loszugehen. Zofia und ich kamen langsam wieder zur Ruhe und verwandelten uns zurück.

Mein Rücken brannte wie Feuer, ich hatte überall Striemen an den Armen. Doch Zofia sah deutlich schlimmer aus. In ihrer Halsbeuge klaffte eine Wunde, die sie mit ihrer Hand zuhielt, um nicht zu viel Blut zu verlieren. Erst jetzt bemerkte ich den eisenhaltigen Geschmack in meinem Mund.

Schlagartig wurde mir bewusst, dass ich dafür verantwortlich war. Ich hatte sie angegriffen! Ich hatte ihr diese schlimme Verletzung zugefügt. Ich war es, die sich in ihr verbissen hatte, weswegen sie geheult und gejault hatte. Ich war die Stärkere - nicht sie!

Das schien auch Kieran zu erkennen, denn plötzlich änderte sich der Ausdruck in seinen Augen. Ich las eine Art Anerkennung heraus, die nur noch mehr dafür sorgte, dass mir schlecht wurde. Der widerliche Geschmack von Zofias Blut tat sein Übriges. Meine Magensäure schoss so schnell nach oben, dass ich gerade noch den Kopf wegdrehen konnte. Ich erbrach mich in einem hohen Bogen auf das nächstgelegene Sitzkissen. Zwei helfende Hände nahmen meine Haare zurück und hielten sie auf meinem Rücken, während ich auch den Rest meines Magens entleerte.

Im Hintergrund jammerte Zofia, während Kieran sie zum Schweigen brachte. Der Geschmack von ihrem Blut haftete auf meiner Zunge und ließ mich auch dann noch würgen, als mein Magen bereits leer war.

»Es ist okay.« Eine warme Hand streichelte über meinen Nacken und den oberen Rücken.

»Noel«, keuchte ich und griff nach hinten, um sicher zu gehen, dass er es auch wirklich war.

»Ich bin hier.« Er nahm meine Hand und drückte sie fest.

Schlagartig ging es mir besser.

Ich atmete tief ein und aus und wischte mir den

Mund. Finn war so nett, mir ein Saftpaket zu reichen, das den ekelhaften Geschmack wegspülte.

Als ich mich aufrichtete, empfing mich Noel mit einem milden Lächeln. »Geht es wieder?«

Ich nickte und prüfte den Geschmack auf meiner Zunge: Künstliche Orange, perfekt.

»Wir sollten deinen Rücken behandeln. Es sind zwar nur Kratzer, aber sie könnten sich entzünden.«

»Sie brennen ganz schön«, gab ich zu und konzentrierte mich auf den Schmerz auf meinem Rücken. Das war gar nicht so einfach angesichts der Tatsache, dass Noel da war. Er war einfach immer da, wenn ich Hilfe brauchte und wenn er nur meine Haare festhielt, während ich mich erbrach.

»Was ist? Warum grinst du so?«, fragte er schelmisch und legte meine Haare über meine Schulter.

»Du bist da«, sagte ich und verlor mich für einen Moment in seinen Augen.

»Wo sollte ich sonst sein? Euer Kampf war kaum zu überhören.«

Ich schenkte dem Geschehen hinter mir kurz meine Aufmerksamkeit. Zofia hatte mittlerweile ein Tuch bekommen, das sie auf die Wunde drückte, während Ben und Janis eine Art Erste-Hilfe-Koffer durchwühlten. Finn und Matteo waren dabei, das ruinierte Sitzkissen fortzuschaffen.

»Geht es dir gut, Lena? Was war los?«

Rajani kam zu mir geeilt, im Schlepptau einen verschlafen aussehenden Jeff, der sich den Kopf kratzte und gähnte.

»Rani, hol mir bitte ein Desinfektionsmittel und ein paar saubere Tücher«, wies Noel sie an. »Lenas Rücken muss versorgt werden.«

Sie machte sich sofort auf den Weg und kam gleich darauf mit den Utensilien zurück.

Auf Noels Befehl hin, setzte ich mich auf eines der Kissen und verknotete meine Haare auf dem Hinterkopf, so dass er Zugriff auf meinen Rücken hatte. Zofia wurde im anderen Teil des Raumes von Ben und Janis behandelt. Rajani assistierte Noel und Jeff schlief auf dem nächstbesten Kissen ein.

Kieran warf warnende Blicke in unsere Richtung. Ich wusste genau weswegen. Seine Drohung - ich dürfe mich nicht mit den ehemaligen Fel sehen lassen, ansonsten würde er ihnen etwas antun - hing noch immer im Raum.

Doch nachdem, was eben zwischen Zofia und mir vorgefallen war, hatte sich etwas in mir verändert. Zofia machte mir keine Angst mehr. Und auch Kieran hatte deutlich an Schrecken verloren.

Ich hatte es geschafft. Das erste Mal in meinem Leben hatte ich mich wirklich gewehrt und damit meine Opferrolle abgelegt.

Während Noel meine Wunden desinfizierte, was ein höllisches Brennen verursachte, konnte ich nur lächeln.

Denn mir war etwas bewusst geworden, dass mein Leben von nun an deutlich verbessern würde. Ich war endlich stark genug, für mich einzustehen. Die Spiele konnten kommen.

Fortsetzung folgt …

Fan werden und keine Episode verpassen!

www.facebook.com/amberauburn.autorin
Mail: amber.auburn@gmx.de

Und so geht es weiter:

Episode 9 - Silbergrau

Wird es Lena und Zofia gelingen, sich während der Spiele nicht an die Gurgel zu gehen?

Wie werden die Spiele im Camp der Aves aussehen?

Und wird Janis je wieder eine Chance bei Lena haben?

Das alles und noch mehr erfährst du in der nächsten Episode der Academy of Shapeshifters-Serie.

coming soon ...

18431193R00056

Printed in Poland
by Amazon Fulfillment
Poland Sp. z o.o., Wrocław